LAURENCE J. PETER
et RAYMOND HULL

Le Principe de Peter

ou pourquoi tout va toujours mal

TRADUIT DE L'AMÉRICAIN
PAR FRANCE-MARIE WATKINS

ILLUSTRATIONS DE RONALD SEARLE

STOCK

Titre original :

THE PETER PRINCIPLE

LE PRINCIPE DE PETER

A sa sortie de l'université de Washington, Laurence J. Peter (qui est né à Vancouver, Canada, dans les années 20) est entré dans l'enseignement et s'est spécialisé dans la psychologie et l'orientation. Il a écrit de nombreux articles qui ont paru dans des revues professionnelles et un livre, Prescriptive Teaching *(1965). Directeur du* Centre Evelyn Frieden *et conseiller des programmes destinés aux enfants inadaptés à l'université de Californie du Sud, le professeur Peter a donné sa démission en juin 1970 pour se consacrer à son œuvre personnelle.*
Raymond Hull, son collaborateur pour Le Principe de Peter, *est également citoyen canadien. Né en Angleterre, fils d'un pasteur méthodiste, il est installé en Colombie Britannique depuis 1947. Auteur dramatique, il a écrit pour le théâtre et la télévision plus de trente pièces. Journaliste, il collabore à des revues importantes telles que* Punch, MacLean's *et* Esquire. *Il a également publié plusieurs livres. Le professeur Peter et Raymond Hull font de nombreuses tournées de conférences.*

Toute peine mérite salaire, proclame le dicton, et quel meilleur salaire recevoir sinon une promotion? Ainsi peut-on espérer, d'effort en effort et d'échelon en échelon, accéder aux plus hautes fonctions. C'est ce qui a fait dire à quelqu'un que chaque soldat porte dans sa giberne un bâton de maréchal. Ainsi également serait-il logique d'en déduire que les postes de commande sont aux mains des élites et, par conséquent, que tout va pour le mieux dans le monde.
Un coup d'œil suffit pour se convaincre du contraire. Comment expliquer ce hiatus entre la logique de l'automatisme hiérarchique et la constatation des réalités quotidiennes? Le professeur Peter a eu l'idée — très scientifique — d'appliquer la méthode déductive à l'envers, ce qui a donné : le personnage d'élite ne convient pas à sa situation, donc il s'est élevé à son niveau... d'incompétence.
Paradoxe et jeu d'esprit? Que non. La démonstration qui suit l'énoncé du *principe de Peter* est irréfutable parce que puisée dans les mille et un exemples de la vie courante, ce qui donne à cette analyse pertinente de notre civilisation l'impertinence d'une satire pétillante d'humour.

Les illustrations de Ronald Searle sont tirées de l'album « L'œuf cube et le cercle vicieux » (Fayard).

Ce livre est dédié à tous ceux qui, travaillant, jouant, aimant, vivant et mourant à leur propre niveau d'incompétence, *ont fourni les renseignements permettant de créer et de développer la science salutaire de la* hiérarchologie.

Ils en sauvèrent d'autres, mais ne purent se sauver eux-mêmes.

AVANT-PROPOS

En tant qu'auteur et journaliste j'ai eu l'occasion et le privilège d'étudier le mécanisme de la société civilisée. J'ai fait des enquêtes et des reportages sur le gouvernement, l'industrie, le commerce, l'éducation et les arts. Je me suis entretenu avec des personnes appartenant à tous les milieux, exerçant de nombreux métiers et professions, occupant des postes importants ou mineurs, et je les ai surtout écoutés avec attention.

J'ai remarqué que, à de rares exceptions près, les hommes bousillent leur travail. Partout, j'ai vu régner l'incompétence.

J'ai vu un viaduc de plus d'un kilomètre s'écrouler dans la mer parce que, en dépit des innombrables révisions, personne ne s'était aperçu que la force d'un des pylônes avait été mal calculée.

J'ai vu des urbanistes procéder à la construction d'une ville nouvelle dans une plaine en contrebas d'un grand fleuve, où elle serait sûre d'être périodiquement inondée.

Dernièrement, j'ai appris l'effondrement des trois tours géantes d'une centrale électrique anglaise ; elles avaient coûté plusieurs millions de dollars mais n'étaient pas assez solides pour subir un vent violent.

J'ai suivi avec intérêt l'histoire de ce stade couvert de baseball de Houston, Texas, dont on s'est aperçu, alors qu'il était fini, qu'il était particulièrement mal prévu pour ce sport : les joueurs ne pouvaient voir les balles car ils étaient éblouis par les projecteurs.

J'ai observé que la plupart des constructeurs d'appareils ménagers installent des services après-vente régionaux en prévision — justifiée — des nombreuses pannes de leurs appareils pendant la période de garantie.

Après avoir écouté d'innombrables automobilistes se plaindre des défauts de leur voiture neuve, je n'ai pas été surpris d'apprendre qu'un cinquième environ des voitures produites par les grandes compagnies depuis quelques années souffrent de défauts dangereux.

N'allez surtout pas en déduire que je suis un réactionnaire aigri partant en guerre contre les hommes et les progrès contemporains uniquement parce qu'ils sont de notre époque. L'incompétence n'a pas de frontières, ni dans le temps ni dans l'espace.

Macaulay, s'inspirant des notes de Samuel Pepys, nous trace un portrait de la marine britannique en 1684 : « L'administration navale était un monstre de gaspillage, de corruption, d'ignorance et de paresse... on ne pouvait se fier à aucune estimation... on ne faisait jamais de contrats... jamais de révisions. Certains des nouveaux bâtiments de guerre étaient si pourris qu'à moins de réparations immédiates, ils coulaient à leur mouillage. Les marins étaient payés si irrégulièrement qu'ils étaient heureux de trouver un usurier pour racheter leur brevet à moitié prix. La plupart des vaisseaux qui naviguaient étaient commandés par des hommes qui n'avaient pas l'habitude de la mer. »

Wellington, parcourant la liste des officiers qu'on lui donnait pour la campagne de 1810 au Portugal, s'exclama : « J'espère que lorsque l'ennemi prendra connaissance de cette liste de noms il tremblera autant que moi. »

Le général Richard Taylor qui combattit pendant la guerre de Sécession, observa en parlant de la bataille de Sept Jours : « Les commandants confédérés... à un jour de marche de la ville de Richmond, n'avaient pas plus de notions de la topographie de la région qu'ils ne connaissaient l'Afrique centrale. »

Robert E. Lee se plaignit un jour amèrement : « Je ne peux pas faire exécuter mes ordres. »

Pendant la deuxième guerre mondiale, les forces britanniques combattirent avec des explosifs bien inférieurs, en poids et en puissance, à ceux des Allemands. Au début de 1940, les savants britanniques savaient qu'une simple addition peu coûteuse d'aluminium en poudre doublerait la puissance des explosifs à leur disposition ; pourtant cette connaissance ne fut mise en application qu'en 1943.

Au cours de cette même guerre, le commandant australien d'un navire-hôpital vérifia les réservoirs d'eau potable après une révision et s'aperçut qu'ils étaient revêtus d'une couche de peinture rouge au plomb : l'eau aurait empoisonné tout le monde, à bord !

Je connais des milliers d'exemples de ce genre et j'en suis venu à constater l'universalité de l'incompétence.

Aussi, je ne m'étonne pas quand une fusée lunaire reste en panne au départ parce qu'on a oublié un détail, parce qu'un appareil ne marche pas ou casse, ou explose prématurément.

Je ne suis plus stupéfait en apprenant qu'un conseiller marital employé par le gouvernement est homosexuel.

Je m'attends maintenant à ce que les hommes d'Etat se révèlent incapables de respecter leur programme. Je suis presque sûr que s'ils font quelque chose, ce sera pour tenir les promesses de leurs adversaires.

Cette incompétence serait déjà assez irritante si elle ne touchait que la politique, les grands travaux, le programme spatial ou autres domaines immenses de l'entreprise humaine. Mais non. Elle est quotidienne, omniprésente, insupportable.

Alors que j'écris ce feuillet, ma voisine parle au téléphone. J'entends chacun de ses mots. Il est dix heures du soir et mon autre voisin est enrhumé et s'est couché tôt. Je l'entends tousser. Quand il se retourne dans son lit j'entends grincer les ressorts du sommier. Je n'habite pas une

H.L.M. mais un immeuble moderne aux loyers élevés. Quelle est donc la compétence ou l'incompétence des hommes qui l'ont projeté et construit ?

L'autre jour, un de mes amis a acheté une scie à métaux, et en rentrant chez lui s'est mis à scier un boulon de fer. Au deuxième coup de scie la lame s'est brisée, ainsi que le joint du manche, ce qui rendait l'instrument inutilisable.

La semaine dernière, j'ai voulu me servir d'un magnétophone sur l'estrade d'une salle de conférences d'un lycée. Mais je n'avais pas de courant. Le concierge m'a dit que depuis un an qu'il était là il n'avait pas pu découvrir le bouton qui donnerait du courant aux prises de l'estrade. Il finissait par croire qu'elles n'avaient pas été connectées.

Ce matin, j'ai voulu acheter une lampe de bureau et j'ai trouvé celle que je voulais dans un grand magasin. Le vendeur allait me l'envelopper mais je lui ai demandé de l'essayer (je deviens méfiant). Il n'avait manifestement pas l'habitude d'essayer le matériel électrique parce qu'il chercha une prise pendant une heure — ou un quart d'heure. Il la trouva enfin, brancha la lampe mais ne put l'allumer. Il en essaya une autre du même modèle. Elle ne s'alluma pas plus. Toute la livraison avait des interrupteurs en mauvais état. Je partis sans rien acheter.

Récemment, j'ai commandé 55 mètres carrés de fibre de verre isolante pour un cottage que je remets en état. J'ai surveillé l'employée qui a pris ma commande pour m'assurer qu'elle avait bien compris la quantité que je désirais. En vain !

Je reçus une facture pour 65 mètres carrés et on m'en livra 83 !

L'instruction, dont on aime à dire qu'elle guérit tous les maux, n'est apparemment pas le remède idéal contre l'incompétence, qui semble au contraire se donner libre cours dans les universités. Un bachelier sur trois ne lit pas mieux qu'un enfant de dix ans. Aujourd'hui, il est normal de faire des cours de lecture aux étudiants de première année. Dans certaines universités, vingt pour cent de ces jeunes gens ne savent pas lire assez bien pour comprendre leurs cours !

Je reçois assez souvent du courrier d'une grande université. Il y a quinze mois, j'ai déménagé. J'ai fait connaître mon changement d'adresse à cette université, mais mon courrier continua d'arriver à mon ancien domicile. Après deux autres notifications de changement d'adresse et un coup de téléphone, je me rendis en personne à l'université. Je montrai du doigt la mauvaise adresse dans le registre, donnai la nouvelle et vis la secrétaire la noter. Le courrier continua d'arriver à l'ancienne. Il y a deux jours, du nouveau. J'ai reçu un coup de téléphone de la personne qui m'a remplacé à mon ancien appartement et qui, naturellement, a reçu ce courrier. Elle vient elle-même de déménager, et mon courrier de l'université l'a suivie, elle, à sa nouvelle adresse !

Je répète que je me suis résigné à l'universelle incompétence, mais je pensais cependant que si sa cause pouvait être découverte on trouverait un remède. Alors j'ai commencé à poser des questions.

Les hypothèses et les théories n'ont pas manqué.

Un banquier s'en prenait aux écoles : « Aujourd'hui, les gosses n'apprennent pas à travailler convenablement. »

Un professeur blâmait les hommes politiques : « Quand on voit une telle incompétence dans le gouvernement, que peut-on attendre de l'homme de la rue ? D'ailleurs, ils repoussent nos demandes justifiées pour un budget de l'éducation nationale mieux adapté. Si seulement nous pouvions avoir un ordinateur dans toutes les écoles... »

Un athée rejetait la faute sur l'église qui, disait-il, « endort l'esprit des hommes avec des fables d'un monde meilleur et les détourne des choses pratiques ».

Un homme d'Eglise rendait responsables la radio, la télévision et le cinéma : « ... toutes les distractions de la vie moderne détournent le peuple des enseignements moraux de l'Eglise. »

Un syndicaliste s'en prenait au patronat « trop cupide pour payer des salaires normaux ». « Un homme — affirmait-il — ne peut pas s'intéresser à son boulot s'il n'est pas payé. »

Un patron se retournait contre les syndicats : « Le travailleur d'aujourd'hui se fout de son travail. Il ne pense qu'à la retraite, aux augmentations, aux vacances. »

Un individualiste déclara que le régime de la sécurité sociale provoque une attitude « j'm'enfoutiste ». Une assistante sociale me dit que l'immoralité au foyer et la mésentente des ménages sont la cause d'une irresponsabilité dans le travail. Un psychologue avança que la répression des impulsions sexuelles chez les enfants cause un désir inconscient d'échec, pour se punir d'un complexe de culpabilité. Un philosophe me dit : « Les hommes sont humains ; les accidents arrivent fatalement. »

Une multitude d'explications ne vaut pas plus que pas d'explication du tout. Je commençai à craindre de ne jamais comprendre l'incompétence.

Et puis un soir, dans le foyer d'un théâtre, au cours du premier entracte d'une pièce ennuyeuse, alors que je pestais contre les acteurs et les auteurs incompétents, je liai conversation avec le docteur Laurence J. Peter, érudit qui avait consacré des années de travail à l'étude de l'incompétence.

L'entracte fut trop bref pour qu'il fît autre chose qu'attiser ma curiosité. Après la pièce, je l'accompagnai chez lui et j'écoutai jusqu'à trois heures du matin son exposé lucide, original et stupéfiant d'une théorie qui répondait enfin à ma question : « Pourquoi l'incompétence ? »

Le docteur Peter disculpa Adam, les agitateurs et l'accident et condamna une des caractéristiques de notre société, cause et récompense de l'incompétence.

L'incompétence expliquée ! Je ne me tenais plus de joie. Sans doute pourrait-on passer de là à sa suppression !

Modeste, le docteur Peter s'était contenté jusqu'alors de discuter de sa découverte avec quelques amis et collègues et de faire parfois une conférence sur ses recherches. Son immense collection d'exemples, ses brillantes théories d'incompétence et ses formules n'avaient jamais été publiées.

« Mon principe peut sans doute faire le bonheur du genre humain, me dit Peter. Mais j'ai trop de travail, avec mes élèves, les devoirs à corriger, la paperasse, et puis les réunions de faculté et mes recherches perpétuelles. Un jour, je ferai peut-être un tri de mes notes et j'essaierai de les publier, mais pendant dix ou quinze ans je n'en aurai matériellement pas le temps. »

Je soulignai le danger de cette attitude qui consiste à remettre au lendemain, et finalement le docteur Peter accepta une collaboration : il mettrait à ma disposition ses notes et ses rapports, son volumineux manuscrit, et je condenserais le tout pour en faire un livre. Voici donc *Le Principe du professeur Peter,* la découverte sociale et psychologique la plus pénétrante et la plus importante du siècle.

Oserez-vous la lire ?

Oserez-vous apprendre, dans une révélation brutale, pourquoi les écoles ne dispensent pas la sagesse, pourquoi les gouvernements ne peuvent maintenir l'ordre, pourquoi les tribunaux ne rendent pas justice, pourquoi la prospérité n'apporte pas le bonheur, pourquoi les projets utopiques n'aboutissent jamais à des utopies ?

Ne prenez pas votre décision à la légère. La décision de lire est irrévocable. Si vous lisez, vous ne pourrez jamais retrouver votre état actuel de bienheureuse ignorance, jamais vous ne pourrez vénérer aveuglément vos supérieurs, ni dominer vos inférieurs. Jamais ! Le principe de Peter, une fois connu, ne peut être oublié.

Qu'avez-vous à gagner en poursuivant votre lecture ? En triomphant de votre incompétence innée, et en comprenant cette incompétence chez les autres, vous pourrez travailler plus facilement, gravir les échelons et gagner plus d'argent. Vous pourrez éviter les maladies pénibles, devenir un meneur d'hommes, savourer vos loisirs, faire le bonheur de vos amis et confondre vos ennemis, impressionner vos enfants et enrichir votre vie conjugale.

En un mot, cette connaissance va révolutionner votrc vie, et peut-être la sauver.

Alors, si vous en avez le courage, poursuivez la lecture, apprenez le principe de Peter, et mettez-le en application.

RAYMOND HULL.

I

LE PRINCIPE DE PETER

QUAND j'étais petit garçon, on m'apprenait que les grandes personnes savaient ce qu'elles faisaient. On me disait : « Peter, plus tu en sauras, plus tu iras loin. » Je poursuivis donc mes études et puis j'affrontai le monde plein de ces belles idées, serrant contre mon cœur mon beau diplôme de professeur. Durant ma première année d'enseignement, je fus troublé en constatant qu'un bon nombre de professeurs, de surveillants généraux et de directeurs d'école semblaient ignorer les responsabilités de leur état et montraient de l'incompétence dans l'exercice de leurs fonctions.

Le principal souci de mon directeur, par exemple, était que tous les stores des fenêtres se trouvent au même niveau, que les salles de classes soient silencieuses et que personne ne marche sur les pelouses. Le surveillant général, lui, tenait à ce qu'aucune minorité, quelque fanatique qu'elle fût, ne soit offensée et que tous les devoirs soient remis à temps. L'éducation des enfants semblait être le moindre souci de ces esprits administratifs.

Je crus d'abord que c'était une faiblesse particulière au système scolaire de l'endroit où j'enseignais, aussi demandai-je à être muté dans une autre région. Je remplis les formulaires spéciaux, y joignis les documents exigés et me conformai de bon cœur à toute la paperasserie nécessaire. Plusieurs semaines après, on me renvoya ma demande et tous les documents !

Non, ce n'était pas à moi qu'on en voulait, mes références étaient excellentes, mes formulaires bien remplis ; un tampon officiel indiquait que tout avait été bien reçu, mais mon dossier était accompagné d'une lettre me disant en substance : « Les nouveaux règlements exigent que ces demandes soient expédiées en recommandé sinon elles ne peuvent être prises en considération par le ministère. Veuillez nous renvoyer votre dossier en recommandé. »

Je commençai à soupçonner que l'école locale n'avait pas le monopole de l'incompétence.

Une plus ample étude du problème m'apprit que toute organisation emploie un nombre de personnes incapables de faire leur travail.

Un phénomène universel

L'incompétence dans le travail se constate partout. L'avez-vous remarqué ? Certainement.

Nous voyons des hommes politiques irrésolus qui se font passer pour des hommes d'Etat, et les « sources autorisées » qui blâment, pour leur ignorance, les « impondérables de la situation ». Le nombre des fonctionnaires paresseux ou insolents est infini, comme l'est celui des généraux dont les hésitations démentent leurs principes hardis, des gouvernants que leur servilité congénitale empêche de gouverner réellement. Nous refusons de croire au prêtre immoral, au juge corrompu, à l'avocat incohérent, à l'auteur sans talent et au professeur de littérature qui fait des fautes d'orthographe. Nous voyons dans les universités des proclamations rédigées par des administrateurs dont les bureaux sont un cafouillis infâme et nous écoutons des conférences parfaitement inaudibles et incompréhensibles.

En constatant cette incompétence à tous les degrés de toute hiérarchie, politique, juridique, universitaire et industrielle, j'ai fini par penser que la cause résidait dans quelque trait inhérent aux règlements concernant le placement des employés. Ce fut ainsi que commença mon étude très sérieuse de l'ascension des salariés dans la hiérarchie et de ce qui leur arrive après avoir été promus.

J'ai ainsi réuni des centaines d'exemples. En voici trois qui sont caractéristiques :

Dossier municipal, cas n° 17 :

J. S. Minion était contremaître au service des travaux publics d'Excelsior City, très apprécié des édiles qui louaient tous son amabilité.

« J'aime bien Minion, disait le chef de travaux. Il a un jugement sain et il est toujours plaisant et aimable. »

Ce comportement était normal pour un homme dans sa situation ; Minion n'était pas là pour prendre des responsabilités, aussi n'avait-il nul besoin d'entrer en conflit avec ses supérieurs.

Le chef de travaux prit sa retraite et Minion lui succéda. Il continua d'être plaisant et aimable, de l'avis de tout le monde. Il repassait à son contremaître toutes les suggestions venant d'en haut. Il en résulta des conflits, et les perpétuels changements de plans démoralisèrent bientôt tout le service. Le maire et son conseil se plaignirent, les contribuables et les syndicats aussi.

Minion continue de dire « oui » à tout le monde et transmet avec alacrité les messages, de ses subordonnés à ses supérieurs. Il est chef en titre, mais il fait le garçon de courses : les travaux débordent régulièrement du budget communal et ne sont jamais finis. En un mot Minion, excellent contremaître, est devenu un chef de travaux incompétent.

Services industriels, cas n° 3 :

E. Tinker était exceptionnellement zélé et intelligent quand il était apprenti au garage G. Reece ; il devint bientôt mécanicien. Il savait admirablement diagnostiquer les plus obscurs défauts d'un moteur et faisait preuve d'une patience merveilleuse pour les réparer. Il fut nommé contremaître de l'atelier de réparations.

Mais là, son amour de la mécanique et son perfectionnisme deviennent des défauts. Il entreprend un travail qui lui paraît intéressant, néglige

les réparations urgentes, en disant que tout s'arrangera bien.

Il ne laisse jamais partir une voiture avant d'être parfaitement satisfait du travail effectué. Il se mêle de tout. Il n'est jamais à son bureau, mais on le voit plongé jusqu'à mi-corps dans un moteur démonté et, pendant que l'ouvrier qui devait faire le travail l'observe, les autres attendent qu'on leur dise ce qu'ils doivent faire. L'atelier est donc surchargé de travail, tout est en désordre, et les livraisons sont en retard.

Tinker est incapable de comprendre que le client moyen ne demande pas la perfection, il veut sa voiture à l'heure ! Il ne peut comprendre que la plupart de ses ouvriers s'intéressent moins aux moteurs qu'à leur feuille de paye. Tinker ne s'entend donc ni avec ses clients ni avec ses subordonnés. Excellent mécanicien, il est devenu contremaître incompétent.

Dossier militaire, cas n° 8 :

Nous allons étudier le cas de feu le général Goodwin. Ses façons bon enfant, sa voix joviale, son mépris des règlements imbéciles et sa bravoure indiscutable avaient fait de lui l'idole de ses hommes. Il leur donna de nombreuses victoires méritées.

Lorsque Goodwin fut promu au grade de maréchal il eut affaire non pas à de simples soldats mais à des politiciens et des chefs d'état-major alliés.

Il refusa de se plier au protocole nécessaire. Il fut incapable de mettre un bœuf sur sa langue et de faire des courbettes. Il se disputa avec tous les dignitaires et finit par passer des journées couché, à boire et à grogner. Le commandement de la guerre lui échappa et tomba entre les mains de ses subordonnés. Il avait été promu à un grade pour lequel il était incompétent.

Un indice capital !

Je finis par constater que dans tous ces cas il y avait un dénominateur commun. L'employé avait été haussé de l'état de compétence à celui d'incompétence. Je compris que, tôt ou tard, cela pouvait arriver à tout employé, tout subordonné, dans toutes les hiérarchies.

Dossier hypothétique, cas n° 1 :

Supposons que vous possédiez une fabrique de pilules, la Parfaite Pilule, S.A. Votre contremaître du calibrage des pilules meurt subitement d'un ulcère perforé. Vous devez le remplacer. Vous cherchez naturellement dans le rang, parmi les calibreurs de pilules.

Miss Ovale, Mrs. Cylindre, M. Ellipse et M. Cube sont plus ou moins incompétents. Ils seront naturellement éliminés. Vous choisirez donc votre calibreur de pilules le plus compétent, M. Sphère, et le nommerez contremaître.

Or, supposons que M. Sphère se révèle un contremaître compétent. Plus tard, quand votre chef d'atelier, M. Carré, sera nommé directeur de production, Sphère deviendra éligible à sa place.

Si, d'autre part, Sphère est un contremaître incompétent, il ne sera plus promu. Il a atteint ce que l'on pourrait appeler son « niveau d'incompétence » et y restera jusqu'à la fin de sa carrière.

Certains employés, Ellipse ou Cube, atteignent un niveau d'incompétence au plus bas échelon et ne sont jamais promus. D'autres, comme Sphère (en supposant qu'il ne soit pas un bon contremaître) l'atteignent après une seule promotion.

E. Tinker, le contremaître de l'atelier de réparations, atteignit son niveau d'incompétence au troisième stade de la hiérarchie, le général Goodwin tout au sommet.

Mon étude de centaines de cas d'incompétence dans le travail m'a donc conduit à formuler le *principe de Peter :*

Dans une hiérarchie, tout employé a tendance à s'élever à son niveau d'incompétence.

Une nouvelle science

Ayant formulé le Principe, j'ai découvert que j'avais sans le vouloir créé une nouvelle science, la « hiérarchologie », ou étude des hiérarchies.

Le terme « hiérarchie » désignait à l'origine un système de gouvernement de l'Eglise par des prêtres aux rangs différents. Aujourd'hui, il signifie toute organisation dont les membres ou les employés sont classés par ordre de rang, de grade ou de classe.

La hiérarchologie, bien que récente, semble pouvoir s'appliquer à tous les domaines de l'administration publique ou privée.

Mon principe est la clef d'une compréhension de tous les systèmes hiérarchiques et, par conséquent, de toutes les structures de la civilisation. Quelques excentriques s'efforcent de n'être mêlés à aucun système hiérarchique, mais tout le monde, dans les affaires, l'industrie, le commerce, les syndicats, la politique, l'armée, la religion et l'enseignement en est tributaire. Tous sont gouvernés par le principe de Peter.

Beaucoup d'entre eux, sans doute, pourront gravir un échelon ou deux, passant d'un niveau d'incompétence à un niveau d'incompétence plus élevé. Mais la compétence dans cette nouvelle situation fait qu'ils se trouvent qualifiés pour une nouvelle promotion. Pour chaque individu, pour vous ou pour moi, la dernière promotion fait passer d'un niveau de compétence à un niveau d'incompétence.

Ainsi, avec le temps — et en supposant l'existence d'un nombre suffisant de rangs dans la hiérarchie — chaque employé s'élève et demeure à son niveau d'incompétence. Le corollaire de Peter précise :

Avec le temps, tout poste sera occupé par un employé incapable d'en assumer la responsabilité.

Vous trouverez rarement un système dans lequel chaque employé aura atteint son niveau d'incompétence, naturellement. Dans la plupart des cas, le travail continue.

Ce travail est accompli par les employés qui n'ont pas encore atteint leur niveau d'incompétence.

II

LE PRINCIPE EN ACTION

UNE étude d'une hiérarchie typique, celle du lycée d'Excelsior City, démontrera comment marche le principe de Peter dans l'enseignement. Examinons cet exemple et nous pourrons comprendre comment opère la hiérarchologie dans chaque établissement.

Commençons par le rang, les maîtres. Je les groupe, pour cette analyse, en trois classes : compétents, modérément compétents, et incompétents.

La théorie des moyennes, et l'expérience le confirme, veut que ces classes soient inégales : la majorité des professeurs appartiennent à la classe modérément compétente, les minorités aux compétentes et incompétentes. Le graphique suivant illustre cette thèse :

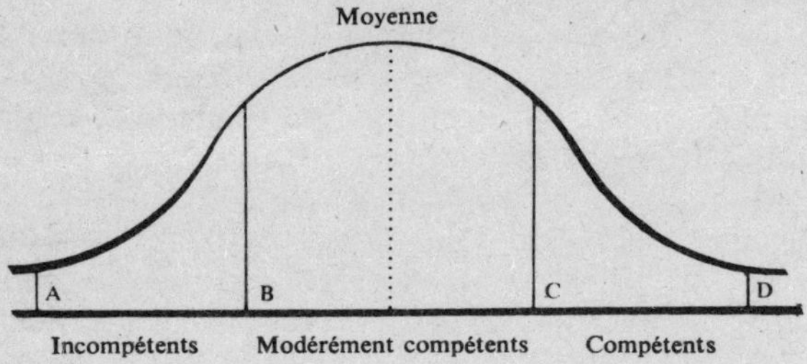

Le cas de la conformiste

Un professeur incompétent ne peut être promu. Dorothy D. Ditto, par exemple, avait été à l'université une élève très conformiste, se conformant à tout. Ses thèses étaient tirées de manuels ou de communications, ou de copies conformes du cours. Elle faisait toujours tout ce qu'on lui disait, ni plus ni moins. Elle était considérée comme une étudiante compétente. Elle fut diplômée avec mention bien de l'école normale d'Excelsior.

Lorsqu'elle devint professeur, elle enseigna exactement ce qu'on lui avait enseigné. Elle se conforma au manuel, aux règles, à tout.

Son travail allait assez bien, sauf quand il n'y avait ni précédent ni règlement. Par exemple, le jour où une conduite d'eau creva et inonda le plancher de sa salle de classe, Miss Ditto poursuivit la leçon, jusqu'à ce que le directeur se précipite dans la pièce.

« Miss Ditto ! hurla-t-il. Il y a dix centimètres d'eau dans cette salle ! Pourquoi vos élèves sont-ils encore là ?

— Je n'ai pas entendu la cloche, monsieur. Je fais très attention à ces choses. Vous le savez, monsieur. Je suis certaine que vous n'avez pas sonné la cloche d'alerte. »

Abasourdi, le directeur invoqua une clause du règlement de l'école lui donnant pleins pouvoirs pour faire évacuer une classe dans des circonstances extraordinaires, et conduisit les enfants trempés à l'abri.

Ainsi, bien qu'elle ne transgresse jamais un règlement et obéisse à tous les ordres, elle a souvent des ennuis et ne sera jamais promue. Compétente comme étudiante, elle a atteint son niveau d'incompétence en qualité de maître d'école et ne montera jamais plus haut.

La plupart des enseignants débutants sont toutefois modérément compétents ou compétents — voir graphique, de B à D — et peuvent espérer une promotion. Voici un de ces cas.

Une faiblesse latente

M. N. Beeker avait été un étudiant compétent et il devint un professeur de sciences apprécié. Ses cours et ses expériences en laboratoire étaient très suivis, ses élèves l'aimaient et tenaient le laboratoire en ordre. M. Beeker n'était pas du tout doué pour la paperasserie mais cette faiblesse était compensée, dans l'esprit de ses supérieurs, par sa réussite avec ses élèves.

Beeker fut promu directeur des travaux pratiques, et il devait maintenant commander le matériel de laboratoire et tenir des comptes à jour. Son incompétence était flagrante ! Pendant trois ans il commanda de nouveaux becs Bunsen mais oublia les tuyaux indispensables. A mesure que les vieux tuyaux devenaient poreux, les becs Bunsen étaient inutilisables alors que les neufs s'accumulaient sur les étagères.

Beeker ne peut plus espérer de nouvelles promotions. Son dernier poste est celui pour lequel il était incompétent.

Plus haut dans la hiérarchie

B. Lunt avait été un étudiant compétent, bon professeur, chef de service, et il était maintenant promu au poste de directeur adjoint. Il s'entendait bien avec les élèves, les professeurs, les parents, intellectuellement il était compétent. On le nomma enfin directeur.

Jusqu'alors, il n'avait jamais eu affaire aux membres du conseil de classes, ni à l'inspecteur régional. Il fut bientôt évident qu'il lui manquait la finesse nécessaire pour traiter avec ces hauts personnages. Il fit attendre l'inspecteur pendant qu'il calmait une dispute entre deux enfants. Remplaçant un professeur malade, il oublia de se présenter à une réunion du conseil de classes.

Il se donnait tant de mal pour diriger son école qu'il n'avait plus le temps de s'occuper des organisations universitaires. Il refusa de devenir président de l'association des parents d'élèves et de plusieurs autres comités.

Son école fut déconsidérée et il perdit la faveur de l'inspecteur. Lunt finit par être considéré par les parents et par ses supérieurs comme un directeur incompétent. Lorsque le poste d'inspecteur adjoint devint vacant, on nomma Lunt. Il l'occupera jusqu'à sa retraite, aigri et directeur d'école incompétent.

L'autocrate, R. Driver, ayant donné la preuve de sa compétence en tant qu'étudiant, professeur, chef de service, directeur adjoint et directeur, fut promu inspecteur adjoint. Jusque-là il n'a eu qu'à interpréter les édits du conseil de classes et les appliquer dans son école. A présent, inspecteur adjoint, il doit prendre part aux discussions de ce conseil, en employant des procédés démocratiques.

Mais Driver n'aime pas les procédés démocratiques. Il sermonne le conseil comme il sermonnait ses élèves quand il faisait ses cours. Il essaie de le dominer comme il dominait ses professeurs quand il était directeur.

Le conseil considère maintenant que Driver est un inspecteur adjoint incompétent. Il ne sera pas promu plus haut.

Côté financier

G. Spender avait été un élève compétent, un bon professeur de littérature, chef de service, directeur d'école adjoint et directeur avant d'être nommé inspecteur adjoint, poste dans lequel il se montra compétent, patriote, diplomate, discret et fort aimable. Il fut promu inspecteur. Là, il fut obligé de pénétrer dans le domaine des finances scolaires, et s'y trouva vite complètement perdu.

Depuis le début de sa carrière d'enseignant, Spender ne s'était jamais soucié des questions pécuniaires. Sa femme s'occupait de tout, payait les factures, et lui donnait de l'argent de poche toutes les semaines.

Maintenant, l'incompétence financière de Spender éclatait au grand jour. Il acheta un grand nombre de machines à enseigner à une compagnie qui fit promptement faillite avant d'avoir produit les programmes nécessaires aux machines. Il fit équiper toutes les classes de la ville d'un poste de télévision, bien que les seuls programmes captés dans la région fussent destinés aux cours secondaires. Spender avait trouvé son niveau d'incompétence.

Les exemples précédents concernent ce que l'on appelle les « promotions dans le rang ». Il existe un autre mode de promotion, dans l'état-major, si l'on peut dire. Le cas de Miss T. Totland est typique.

Miss Totland qui avait été bonne élève et remarquable institutrice, fut promue inspectrice primaire. Elle devait maintenant enseigner non à des enfants mais à de futurs professeurs. Pourtant, elle employa les mêmes techniques qui lui avaient si bien réussi avec les tout-petits !

S'adressant à des instituteurs, seuls ou en groupes, elle leur parle lentement et distinctement. Elle emploie généralement des mots faciles, d'une ou deux syllabes. Elle explique chaque chose plusieurs fois, de façons différentes, pour être sûre d'être comprise. Elle arbore toujours un beau sourire.

Les professeurs détestent cette fausse cordialité et ces airs supérieurs. Leur ressentiment est si vif qu'au lieu de suivre ses conseils ils passent leur temps à chercher des prétextes pour ne pas faire ce qu'elle recommande.

Miss Totland s'est révélée incapable de communiquer avec des instituteurs. Elle ne sera donc plus promue, et restera toute sa vie inspectrice adjointe, au niveau de son incompétence.

On peut trouver de semblables exemples dans toutes les hiérarchies. Regardez autour de vous, dans votre travail, et cherchez les gens qui ont atteint leur niveau d'incompétence. Vous constaterez que dans toute hiérarchie la crème monte

jusqu'à ce qu'elle soit aigre. Regardez-vous dans la glace et demandez-vous si...

Non ! Vous préférez demander : « N'y a-t-il donc pas d'exceptions au Principe ? N'y a-t-il aucun moyen d'y échapper ? »

Nous répondrons à ces questions dans les chapitres qui vont suivre.

III

EXCEPTIONS APPARENTES

Il se trouve beaucoup de gens qui contestent le principe de Peter. Ils cherchent anxieusement — et croient souvent avoir trouvé — des failles dans ma structure hiérarchologique. Je tiens donc à avertir dès maintenant mes lecteurs : ne vous laissez pas abuser par des exceptions apparentes.

Exception apparente n° 1 : *La sublimation percutante*

« Et la promotion de Walt Blockett, alors ? Il était incompétent, sans espoir, un zéro fini, alors la direction l'a promu à un poste où il ne peut rien faire, pour se débarrasser de lui. »

On m'oppose souvent de tels arguments. Nous allons donc examiner ce phénomène, que j'ai appelé la *sublimation percutante*. Blockett a-t-il quitté un poste d'incompétence pour une situation compétente ? Non. Il a simplement été muté d'un poste improductif à un autre. A-t-il des responsabilités plus importantes ? Non. Travaille-t-il davantage dans ce nouveau poste ? Non.

La sublimation percutante est une pseudo-promotion. Certains employés de l'espèce de Blockett s'imaginent qu'ils ont réellement été promus, d'autres devinent ce qu'on leur a fait. Mais le but essentiel de la pseudo-promotion est de tromper les gens qui ne font pas partie de la hiérarchie. Lorsque ce but est atteint, la manœuvre a réussi.

Mais le hiérarchologue expérimenté ne s'en laissera jamais conter, car la seule manœuvre qu'il peut accepter comme étant une promotion réelle est celle qui hausse l'individu à un poste de compétence.

Quel est le résultat d'une sublimation percutante réussie ? Supposons que le patron de Blockett, Kickly, soit compétent. En accordant une promotion à Blockett, il atteint trois buts :

D'une part il camoufle le ratage de sa politique de promotion. Admettre que Blockett était incompétent permettrait de penser : « Kickly aurait bien dû s'apercevoir, avant d'accorder cette dernière promotion à Blockett, qu'il n'était pas l'homme de la situation. » Mais une sublimation percutante justifie la précédente promotion (aux yeux des employés et des étrangers, mais cela ne peut tromper un hiérarchologue).

D'autre part il remonte le moral du personnel. Certains employés pourront alors se dire : « Si un type comme Blockett est promu, moi j'ai des chances. » Pour beaucoup d'employés, la sublimation percutante est la carotte au bout du bâton.

Enfin il maintient la hiérarchie : bien que Blockett soit incompétent, il ne doit pas être renvoyé, car il connaît assez les affaires de Kickly pour se montrer dangereux s'il passe à la concurrence.

La sublimation percutante est un phénomène courant. La hiérarchologie nous apprend, en effet, que tout organisme prospère se caractérise par son accumulation d'épaves au niveau de l'exécutif, c'est-à-dire les sublimés et les candidats à la sublimation. Une importante société d'appareils ménagers n'a pas moins de vingt-trois vice-présidents !

Ce phénomène peut avoir des résultats paradoxaux, ainsi la Waverley Broadcasting Corporation, chaîne de radio et de télévision connue pour la puissance créatrice de sa production, a atteint ce but grâce à la sublimation percutante. Waverley a tout simplement installé tout son personnel incompétent, sans imagination et redondant, dans un magnifique complexe de trois millions de dollars appelé la direction

Il n'y a à la direction ni caméras, ni microphones, ni plateaux ; elle se trouve à plusieurs kilomètres des studios. Le personnel de la direction est très affairé, on fait des rapports, on dessine des organigrammes et on prend rendez-vous pour conférer les uns avec les autres.

On a procédé dernièrement à un aménagement. Les quatre vice-présidents ont été remplacés par huit vice-présidents plus un adjoint au président.

Nous constatons donc que la sublimation percutante peut être utile quand elle débarrasse les vrais travailleurs des mouches du coche.

Exception apparente n° 2 : *L'arabesque latérale*

L'arabesque latérale est une autre forme de pseudo-promotion. Sans accorder une promotion à un employé, et parfois sans même augmenter son salaire, on donne à l'incompétent un nouveau titre plus ronflant et on le relègue dans un bureau à l'écart.

R. Filewood s'était révélé incompétent comme directeur du personnel de la papeterie Cardley. Après une arabesque latérale, il se trouva affublé du titre de coordinateur des communications interservices, au même salaire, et son travail consistait à surveiller le classement des copies de lettres.

Dossier industrie automobile, cas n° 8 :

La société Wheeler, pièces détachées d'automobiles, a remarquablement mis au point le système de l'arabesque latérale. Cette société comporte de nombreux départements et beaucoup de succursales, et j'ai compté vingt-cinq directeurs qui ont été bannis, en étant nommés vice-présidents régionaux.

La société a acheté un motel et placé à sa direction un autre vice-président, et un autre encore travaille depuis trois ans à la rédaction de l'historique de la compagnie.

J'en conclus que plus la hiérarchie est importante, plus l'arabesque latérale est facile.

Un cas de lévitation

Tout le personnel d'un petit service gouvernemental de quatre-vingt-deux employés fut muté dans un autre service, laissant son directeur seul, sans rien à faire ni personne à diriger, avec un salaire de 16 000 dollars par an. Nous avons là le phénomène assez rare de la pyramide hiérarchique composée uniquement de la clef de voûte, suspendue en l'air sans base pour la soutenir ! J'ai appelé cette intéressante situation le *Sommet volant !*

Exception apparente n° 3 : *L'inversion de Peter*

Un de mes amis voyageait dans un pays où la vente de l'alcool est un monopole du gouvernement. Avant de rentrer chez lui, il se rendit dans un magasin conventionné et demanda :

« Quelle quantité d'alcool ai-je le droit d'emporter ?

— Il faudra que vous le demandiez aux douaniers, à la frontière.

— Mais je veux le savoir maintenant, afin de pouvoir acheter la quantité d'alcool autorisée et éviter d'en avoir trop, ce qui me serait confisqué !

— C'est un règlement douanier, répliqua l'employé. Cela ne nous regarde pas.

— Mais vous devez bien connaître ce règlement !

— Oui, bien sûr, mais nous ne sommes pas la douane et je n'ai pas le droit de vous renseigner. »

Ne vous est-il jamais arrivé de vous entendre

dire : « Nous ne pouvons vous donner ce renseignement » ? L'employé connaît la solution de votre problème, vous savez qu'il la connaît, mais, pour une raison inconnue, il refuse de vous la donner.

Un jour, alors que j'entrais comme professeur dans une université, je reçus une carte d'identité spéciale accordée par l'administration de cette université, m'autorisant à me faire payer des chèques à la librairie universitaire. Je m'y rendis, présentai ma carte et un chèque de voyage de l'American Express Company de vingt dollars.

« Nous ne payons que les chèque de paie ou les chèques personnels, me répliqua le caissier.

— Mais celui-ci est encore plus valable qu'un chèque personnel, protestai-je. Meilleur qu'un chèque de paie. Je peux toucher celui-ci dans n'importe quel magasin sans carte spéciale. Un chèque de voyage c'est aussi bon que des espèces.

— Mais ce n'est pas un chèque de paie ni un chèque personnel », répliqua le caissier.

Après quelques minutes de discussion, je demandai à voir le directeur. Il m'écouta patiemment, mais d'un air lointain, et finit par déclarer :

« Nous ne payons pas les chèques de voyage. »

Vous avez certainement entendu parler d'hôpitaux qui perdent un temps précieux à remplir des formulaires pendant que les blessés perdent leur sang. Vous avez déjà entendu une infirmière dire : « Réveillez-vous, vous devez prendre votre somnifère ! »

Vous avez peut-être entendu parler de cet Irlandais, Michael Patrick O'Brien, qui passa onze mois sur un ferry-boat à faire la navette entre Hong-Kong et Macao. Il ne possédait pas les papiers nécessaires pour débarquer dans l'un ou l'autre port, et personne ne voulait les lui fournir.

C'est généralement parmi les sous-fifres sans pouvoir discrétionnaire que l'on constate un souci obsessionnel du formulaire correct, que ces papiers soient utiles ou non. Il n'y a jamais de cas d'espèce, et aucune dérogation à la routine n'est permise.

J'ai nommé ce comportement automatisme professionnel. Pour cet automate, il est évident que les moyens sont plus importants que les fins ; la paperasserie est beaucoup plus importante que le dessein pour lequel elle a été instituée. Ce fonctionnaire ne considère pas qu'il est au service du public, mais au contraire que le public est une matière première servant à apporter son tribut à l'immuable fonctionnariat, à la routine, à la hiérarchie, aux paperasses !

L'automate professionnel paraît incompétent aux yeux de ses clients ou de ses victimes. La question se pose alors : « Pourquoi tant d'automates professionnels arrivent-ils à être promus ? Et l'automate professionnel échappe-t-il au principe de Peter ? »

A ces deux questions, je répondrai par une troisième : « Qui définit la compétence ? »

La compétence d'un employé est déterminée non par le public mais par son supérieur dans la hiérarchie. Si ledit supérieur se trouve encore à un niveau de compétence, il jugera ses subordonnés en termes de travail utile, par exemple la fourniture de produits médicaux, d'information, la production de saucisses ou de pieds de table, en un mot son rendement. Il se fonde donc sur la production.

Mais si le supérieur a atteint un niveau d'incompétence, il se fiera sans doute à des valeurs abstraites pour juger ses employés, estimera compétent celui qui observe les règlements, les rites, les formes du statu quo. La ponctualité, la propreté, le respect des chefs et de la paperasse seront considérés.

« Rockman est honnête. »

« Lubrik fait bien marcher son service. »

« Rutter est méthodique. »

« Miss Trudgen est travailleuse et assidue. »

« Mrs. Friendly s'entend bien avec ses collègues. »

Dans ces cas-là, la bonne marche du service prime le service lui-même et sa production : c'est ce que j'appelle *l'inversion de Peter,* et l'automate professionnel peut être appelé *inverti de Peter,* car il a interverti les rapports fins-moyens.

On peut maintenant comprendre le comportement des exemples cités.

Si l'employé du magasin conventionné avait promptement expliqué le règlement douanier, le voyageur l'aurait trouvé courtois. Mais son supérieur l'aurait blâmé pour avoir enfreint le règlement.

Si le vendeur de la librairie universitaire avait accepté mon chèque de voyage, je l'aurais trouvé serviable alors que le directeur lui aurait reproché d'outrepasser ses fonctions.

Espoirs de promotions pour les invertis de Peter

L'inverti de Peter, ou automate professionnel, est incapable de prendre une décision personnelle. Il obéit toujours, il ne décide jamais. Au point de vue de la hiérarchie, c'est de la compétence, donc l'automate mérite une promotion. Il continuera de gravir les échelons jusqu'à ce qu'une faute le place à un poste où il doive prendre des décisions. Et il trouvera là son niveau d'incompétence.

Nous devons donc constater que l'automatisme professionnel, tout irritant qu'il soit, ne présente pas une exception au principe de Peter. Comme je le répète volontiers à mes élèves : « La compétence, comme la vérité, la beauté et les verres de contact, réside dans l'œil du spectateur. »

Exception apparente n° 4 : *Défoliation hiérarchique*

Nous allons maintenant étudier un cas qui, aux yeux de l'observateur ignorant, est sans doute le plus déroutant, celui du travailleur productif et brillant qui non seulement n'est jamais promu mais se fait même renvoyer.

Je vais donner deux exemples que j'expliquerai ensuite.

A Excelsior City, tout nouvel enseignant doit accomplir un stage d'essai d'un an. K. Buchman avait été un brillant étudiant de littérature. Durant son stage il réussit à insuffler à ses élèves son enthousiasme pour la littérature classique et moderne. Certains d'entre eux hantèrent la bibliothèque, d'autres les librairies. Ils s'intéressèrent tellement à leurs cours qu'ils lurent beaucoup d'ouvrages qui ne figuraient pas sur la liste de livres des écoles d'Excelsior City.

Bientôt, plusieurs pères de famille irrités et les délégations de deux sectes religieuses austères allèrent se plaindre au directeur de l'école en disant que leurs enfants étudiaient une littérature « indésirable ». On déclara à Buchman qu'on n'aurait pas besoin de ses services l'année suivante.

Pour son stage, on confia à C. Cleary une classe spéciale d'enfants attardés. Bien qu'on lui eût dit que ces enfants ne seraient pas capables de comprendre grand-chose, il entreprit de leur apprendre tout ce qu'il pouvait. A la fin de l'année, beaucoup des enfants attardés de Cleary obtinrent de meilleures notes de lecture et de calcul que les enfants des classes normales.

En congédiant Cleary, la direction de l'école lui reprocha d'avoir négligé l'enfilage de perles, les pâtés de sable et autres disciplines destinées aux enfants attardés. Il avait omis d'utiliser le modelage, les jeux de construction et les boîtes de peinture fournis par le comité pour l'enseignement d'Excelsior City.

Miss E. Beaver, institutrice primaire, était exceptionnellement douée, remarquablement intelligente ; étant inexpérimentée, elle mit en pratique ce qu'elle avait appris à l'université, en tenant compte des différences de niveau intellectuel des élèves. Le résultat fut que ses élèves les plus intelligents firent trois ans d'études en un an.

Le directeur fut très courtois quand il expliqua à Miss Beaver qu'elle ne pouvait être titularisée. Il se doutait bien qu'elle comprenait qu'en agissant ainsi elle avait bouleversé le système, n'avait pas suivi le programme, avait troublé des enfants qui ne pourraient être à leur place dans la classe supérieure. Elle avait dérangé le système de notation officiel et changé les ouvrages du programme, provoqué l'anxiété du professeur qui aurait à enseigner à ces enfants l'année suivante des sujets qu'ils connaissaient déjà.

Ces exemples illustrent le fait que, dans la plupart des hiérarchies, la super-compétence est plus répréhensible que l'incompétence.

L'incompétence ordinaire n'est pas, comme nous l'avons vu, une cause de renvoi mais simplement un obstacle à la promotion. La super-compétence aboutit souvent au renvoi, parce qu'elle bouleverse la hiérarchie et viole ainsi le premier commandement de la vie hiérarchique : la hiérarchie doit être maintenue.

On se souviendra qu'au chapitre premier j'ai évoqué trois séries d'employés : le compétent, le modérément compétent, et l'incompétent. Afin de simplifier, j'ai omis les deux extrêmes, deux autres classes d'employés. Voici le diagramme complet.

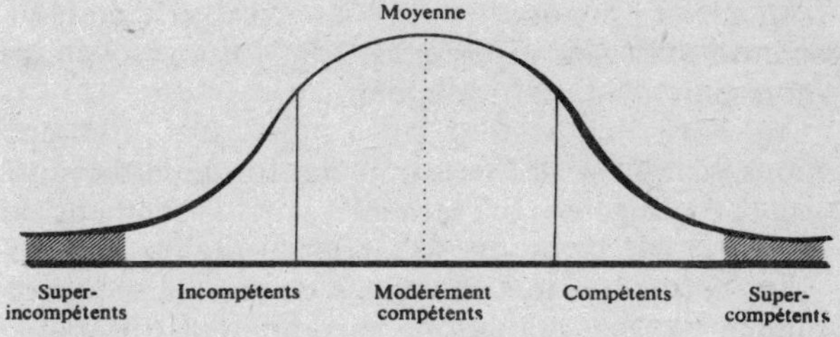

Les employés appartenant aux deux extrêmes, les super-compétents et les super-incompétents, risquent tous deux le renvoi. Ils sont généralement congédiés peu de temps après avoir été embauchés, et pour la même raison : ils bouleversent la hiérarchie. Cette suppression des extrêmes s'appelle la *défoliation hiérarchique.*

J'ai déjà évoqué le triste sort de quelques travailleurs super-compétents. Voici maintenant les super-incompétents.

Miss P. Saucier fut engagée comme vendeuse au rayon d'articles ménagers des grands magasins Lomark. Dès les premiers jours, elle vendit moins que la moyenne, mais cela n'aurait pas motivé son renvoi car elle n'était pas la seule dans ce cas. Mais Miss Saucier avait des défauts bien plus graves : elle se trompait en tapant les factures sur la caisse enregistreuse, elle acceptait les cartes de crédit des concurrents et plaçait toujours son carbone à l'envers quand elle remplissait un contrat de vente. Sur quoi elle donnait l'original au client, qui s'en allait avec les deux copies (une en ordre, l'autre à l'envers au dos) et Miss Saucier n'en gardait aucune trace. Pis encore, elle était insolente avec ses supérieurs. Elle fut renvoyée un mois plus tard, naturellement.

W. Kirk, un pasteur protestant, avait des opinions révolutionnaires sur la nature de la divinité, sur l'efficacité des sacrements, sur l'avènement du Christ et sur la vie dans l'au-delà, opinions violemment contraires aux doctrines de sa secte. Techniquement, Kirk était donc incompétent, incapable de donner à ses paroissiens les conseils spirituels qu'ils étaient en droit d'attendre de lui. Naturellement, il ne fut pas promu, mais conserva néanmoins son poste pendant plusieurs années. Puis il écrivit un livre condamnant la hiérarchie sclérosante de l'Eglise et développa un argument en faveur de la taxation de toutes les Eglises. Il demandait également que la qualité ecclésiastique soit accordée à des minorités telles que les homosexuels, les drogués, etc. Il était passé, d'un bond, de l'incompétence à la super-incompétence, et fut promptement défroqué.

Le « défolié » super-incompétent doit présenter deux caractéristiques importantes :

1) Il ne peut produire ;
2) Il n'obéit pas aux principes intrinsèques de la hiérarchie.

Nous avons constaté que la super-compétence est aussi répréhensible aux yeux de la hiérarchie que la super-incompétence.

Nous pouvons également constater que les défoliés hiérarchiques sont, comme tous les autres employés, soumis au principe de Peter, dont ils ne diffèrent que dans le sens où ils sont les seuls à être victimes d'un renvoi.

Aimeriez-vous être ailleurs ? Votre emploi présent, dans l'armée, l'université ou le commerce, est-il de votre choix ou êtes-vous la victime des désirs familiaux ou des pressions de votre entourage ? Avec de la détermination vous pouvez, vous aussi, devenir super-compétent ou super-incompétent.

Exception apparente n° 5 : *Prendre la succession du père*

Certains patrons de vieilles entreprises familiales traitaient naguère leur fils comme des employés. Le garçon débutait au bas de l'échelle et gravissait les échelons de la hiérarchie selon le principe de Peter. Dans ce cas, naturellement, l'amour du patron pour sa hiérarchie, son désir de bien faire marcher son affaire et son sens de la justice pesaient davantage que l'amour paternel.

Mais il arrive souvent aujourd'hui que le patron d'une telle entreprise place immédiatement son fils à un niveau élevé en pensant qu'avec le temps et sans être sorti des rangs, il pourra assumer le commandement suprême, c'est-à-dire succéder à son père.

J'appellerai donc ce cas, celui de la *succession paternelle*. En voici deux exemples :

Première méthode : un employé peut être renvoyé ou écarté au moyen de l'arabesque latérale ou de la sublimation percutante, pour faire place au successeur. Cette technique, moins courante que la suivante, peut provoquer une inimitié générale contre le nouveau titulaire du poste en question.

Deuxième méthode : un nouveau poste, au titre ronflant, est créé pour le successeur.

La succession paternelle n'est qu'un petit exemple de la situation existant sous un système de classes, où certains, plus favorisés, entrent dans une hiérarchie par le sommet plutôt que par la base.

La présence de nouveaux employés à un niveau élevé accroît parfois la production. Ainsi la succession paternelle ne peut provoquer aucun ressentiment en dehors de la hiérarchie. Mais en revanche, l'arrivée du successeur irrite dans une certaine mesure les autres membres de cette hiérarchie. Les employés ont une tendresse particulière *(penchant de Peter)* pour le système de promotion qui leur a permis de gravir des échelons et dont ils espèrent qu'il les fera monter au sommet, aussi ont-ils tendance à réprouver tout autre mode de placement.

L'affaire de famille dirigée par un seul homme pouvant placer ses fils aux postes les plus élevés est devenue de nos jours chose rare. Néanmoins, le système marche toujours, à cette différence près que le successeur n'est pas nécessairement apparenté avec la personne qui le nomme.

Dossier de la succession paternelle, cas n° 7 :

A. Purefoy, directeur du service de santé et d'hygiène d'Excelsior City, découvrit à la fin d'une certaine année qu'il allait se trouver à la tête de fonds inespérés. Il n'y avait pas eu d'épidémie, la rivière n'avait pas débordé, pour une fois, et ses deux directeurs adjoints, l'un pour la santé l'autre pour l'hygiène, étaient des hommes compétents, honnêtes et prévoyants.

Ainsi, le budget n'avait pas été dépensé en entier. Purefoy comprit que s'il ne prenait pas des mesures radicales son budget de l'année suivante serait sérieusement rogné.

Il résolut de créer un troisième poste d'adjoint dont le titulaire s'occuperait d'un programme de propreté et d'embellissement de la ville. Il confia ce nouveau poste à W. Pickwick, jeune diplômé de l'école d'administration commerciale de sa propre université.

Pickwick, à son tour, créa onze postes nouveaux : un surveillant de la propreté des rues, six inspecteurs, trois secrétaires et un chargé des relations publiques.

Ce dernier, N. Worsworth, organisa des concours d'affiches, pour les enfants et les adultes, et subventionna deux films de propagande de propreté et d'embellissement, tournés par un producteur indépendant qui avait été le condisciple de Worsworth et de Pickwick au cours dramatique de l'université.

Tout marcha le mieux du monde : le directeur Purefoy déborda de son budget et réussit à se faire attribuer des fonds plus importants pour l'année suivante.

Aujourd'hui, les gouvernements prennent la place du père, en accordant diverses subventions à d'innombrables causes, la guerre contre la pollution, contre la misère, contre l'analphabétisme, contre la solitude, contre l'illégitimité, pour les recherches dans le domaine du potentiel éducatif des voyages interplanétaires, pour sous-développés mentaux.

Dès que des fonds sont proposés, il faut trouver un moyen de les dépenser. Un poste nouveau est créé, coordinateur de l'anti-misère, directeur des débuts dans la vie, conseiller littéraire, organisateur du bien et du bonheur publics, n'importe quoi. On recrute quelqu'un pour occuper ce poste, pour succéder en quelque sorte au père. Que le successeur puisse ou non résoudre le problème en question est sans importance. L'essentiel c'est qu'il soit capable de dépenser l'argent.

Tous ces exemples entrent dans le cadre du principe de Peter. La compétence ou l'incompétence sont sans importance tant que le poste est occupé. Si le titulaire est compétent, il sera finalement promu à un plus haut poste et trouvera son niveau d'incompétence à un échelon plus élevé.

Conclusion

Les exceptions apparentes ne sont pas des exceptions. Le principe de Peter s'applique à tous les employés, dans toutes les hiérarchies.

IV

PISTON ET PROMOTION

On a constaté que le principe de Peter est irréversible et universel, mais on voudra sans doute savoir combien de temps doit durer l'ascension hiérarchique. Nous étudierons cela dans les prochains chapitres, mais considérons d'abord l'ascension accélérée par piston.

Ma définition du piston est simple et tient en quelques mots : « Les rapports d'un employé, par parenté, alliance ou amitié, avec une personne qui lui est supérieure dans la hiérarchie. » L'accession au sommet grâce au piston est une chose que nous détestons et réprouvons... chez les autres. Les collègues du pistonné le haïssent et ne se gênent pas pour le dire et pour faire des réflexions sur son incompétence.

Peu de temps après la nomination de W. Kinsman au poste de directeur général des écoles d'Excelsior City, son gendre, L. Harker, fut promu directeur de la musique. Certains professeurs protestèrent, en prétendant qu'il était à moitié sourd ! Ils affirmaient que ce poste appartenait de droit, par l'ancienneté, à D. Roane.

L'envie ignore la logique ! D. Roane avait tant entendu de chorales et d'orchestres scolaires qu'il en était venu à ne plus supporter la musique ni les enfants. Il n'aurait manifestement pu être plus compétent que Harker.

Le ressentiment des professeurs ne visait donc pas l'incompétence de Harker, mais son mépris du système séculaire et respecté de l'ancienneté.

Dans une hiérarchie, les employés ne sont pas vraiment opposés à l'incompétence (*paradoxe de Peter*), ils se contentent de grogner pour dissimuler leur envie des pistonnés.

J'ai étudié la carrière de nombreux pistonnés en les comparant à celles d'employés aussi doués qui ne bénéficiaient pas de ce piston. Le résultat de mes recherches peut être réduit à cinq conseils pratiques pour le pistonné en puissance.

1. *Trouver un protecteur*

Le protecteur est un supérieur dans la hiérarchie qui peut vous aider à vous élever. Il vous faudra parfois vous donner bien du mal pour découvrir celui qui détient ce pouvoir. Peut-être penserez-vous que votre promotion dépend des bons ou mauvais rapports de votre supérieur immédiat et vous concernant. Il arrive que ce raisonnement soit juste. Mais la direction peut aussi estimer que votre supérieur immédiat a déjà atteint son niveau d'incompétence et ne tient donc aucun compte de ses rapports ou de ses recommandations. Gardez-vous donc d'être superficiel. Cherchez et vous trouverez !

2. *Motiver le protecteur*

« Un protecteur non motivé n'est pas un protecteur. » Veillez donc à ce qu'il ait quelque chose à gagner en vous aidant, ou quelque chose à perdre en ne vous aidant point s'il veut s'élever lui-même dans la hiérarchie.

Mes recherches m'ont permis de découvrir de nombreux exemples de ce processus de motivation, certains charmants, d'autres sordides. Je n'en citerai aucun car je préfère que ce point devienne un test, une épreuve pour le lecteur, test que j'appelle le *pont de Peter*. Si vous ne pouvez le franchir seul, vous avez déjà atteint votre niveau d'incompétence, et aucun de mes conseils ne peut vous venir en aide.

3. *Se défiler*

« Rien ne vaut une voie libre. »

Supposez que vous soyez dans une piscine et que vous cherchiez à atteindre le plus haut plongeoir. A mi-chemin, vous êtes bloqué sur l'échelle par un nageur pris de vertige, qui voulait monter tout là-haut mais qui a perdu courage. Les yeux fermés, il se cramponne aux montants. Il ne tombera certes pas, mais il est incapable de monter plus haut et vous ne pouvez le dépasser. Les encouragements de vos amis arrivés sur le plongeoir supérieur ne peuvent vous être utiles.

De même, dans une hiérarchie, ni vous-même ni le piston de votre protecteur ne peuvent vous venir en aide si l'échelon au-dessus du vôtre est occupé par quelqu'un qui a déjà atteint son niveau d'incompétence et ne peut en bouger. J'ai appelé cette situation exaspérante la *fichue impasse de Peter.* (Les choses sont dans une fichue impasse, etc.)

Revenons à notre piscine. Pour atteindre le sommet du plongeoir, il vous faut descendre de l'échelle bloquée et emprunter l'autre où la voie est libre.

Pour s'élever dans la hiérarchie du travail, vous devez vous défiler, abandonner la route bloquée et vous diriger vers une voie de promotion libre. Cette manœuvre se nomme le *contournement de Peter.*

Avant de consacrer du temps et des efforts au Contournement, assurez-vous d'abord que vous vous trouvez réellement dans la Fichue Impasse, c'est-à-dire que votre supérieur immédiat est un super-bouchon. S'il peut encore être promu, il n'entre pas dans cette catégorie, ce n'est pas un super-incapable et vous n'avez pas besoin de vous défiler. Prenez simplement patience, attendez un peu ; il finira par être promu et une brèche s'ouvrira qui permettra au piston de marcher.

Afin de savoir sans l'ombre d'un doute si votre supérieur est un super-incapable, cherchez les indices médicaux et non-médicaux du Dernier Poste, figurant aux chapitres XI et XII de cet ouvrage.

4. *Soyez souple*

Il y a une limite aux services que peut vous rendre un protecteur. Par exemple, un alpiniste chevronné peut en tirer un autre, moins habile, à son niveau. Puis il doit monter plus haut afin de l'attirer à la nouvelle position.

Mais si le premier protecteur ne peut monter plus haut, le pistonné doit en trouver un autre, plus expert.

Alors tenez-vous prêt à substituer le moment venu à votre protecteur un autre plus influent.

5. *Trouvez-vous de nombreux protecteurs*

« L'accumulation des pistons de plusieurs protecteurs égale la somme de leur piston propre multipliée par leur nombre. » (*Théorème de Hull.*) Les effets se multiplient parce que les protecteurs parlent entre eux de vos mérites et se renforcent mutuellement dans la bonne opinion qu'ils ont de vous et dans leur désir de faire quelque chose pour vous. Si vous n'avez qu'un seul protecteur vous ne pouvez bénéficier de cet effet de renforcement.

Pourquoi attendre ? Escaladez ! En suivant ces conseils, vous pouvez trouver du piston, qui vous haussera jusqu'au sommet de la hiérarchie. Vous atteindrez beaucoup plus vite le niveau souhaité.

V

AMBITION ET PROMOTION

VOYONS à présent dans quelle mesure le potentiel de promotion d'un employé peut être affecté par la puissance de son ambition.

Les qualités de l'ambition ont donné lieu à bien des malentendus, en grande partie par la faute d'Alger [1] qui a exagéré son efficacité en tant que moyen de promotion, et l'on ne peut que déplorer son zèle intempestif et peu scientifique, qui a retardé les progrès de la hiérarchologie.

1. Alger, Horatio Jr. (1832-1899) : *Struggling Upward, Slow and Sure,* et autres ouvrages.

Peale [1] semble lui aussi surestimer la valeur de l'ambition.

Mes sondages m'ont permis de constater que, dans les sociétés organisées, la pression abaissante de l'ancienneté annule la force élévatrice de l'ambition. Cette observation démontre donc que le piston est plus fort que l'ambition. Le piston permet souvent de passer outre à l'ancienneté, l'ambition jamais.

La seule ambition ne peut vous faire sortir de la fichue impasse de Peter, ne pourra vous faire réussir le contournement de Peter. Si on a recours à cette manœuvre sans l'aide du piston, les supérieurs pensent simplement : « Il n'est guère persévérant », « Il ne tient pas en place », etc.

L'ambition ne peut non plus avoir d'effet sur la réussite finale, parce que tous les employés, hardis ou timorés, sont soumis au principe de Peter, et doivent tôt ou tard stagner à leur niveau d'incompétence.

L'ambition se manifeste parfois par un intérêt anormal pour les études, les cours du soir, l'entraînement intensif. (Dans les cas marginaux, et plus particulièrement dans les petites hiérarchies, ces études peuvent accroître la compétence au point que la promotion en soit légèrement accélérée, mais l'effet est imperceptible dans les hiérarchies importantes où l'ancienneté joue davantage. L'étude et le désir de s'améliorer peuvent même avoir un effet négatif si l'augmentation des domaines de compétence exige un plus grand nombre d'échelons promotionnels pour atteindre le niveau d'incompétence.)

1. Peale, Norman V. (n. en 1898) : *The Power of Positive Thinking*, 1952, et nombreux autres ouvrages.

Supposons, par exemple, que B. Sellers, un représentant local compétent d'Excelsior Matelas, réussisse, à force d'études, à connaître à fond une langue étrangère. Il est fort possible qu'alors il sera obligé d'occuper divers postes dans les succursales étrangères de sa compagnie avant de revenir au siège social pour être enfin promu à son poste final d'incompétence en qualité de directeur des ventes. L'étude a provoqué un détour dans le plan de vol hiérarchique de Sellers.

A mon avis, les effets positif et négatif de l'étude et de l'entraînement ont tendance à s'annuler. Il en va de même des autres manifestations de l'ambition consistant à arriver à son travail plus tôt que les autres ou partir plus tard. L'admiration que cette conduite plus ou moins machiavélique inspire à certains collègues sera finalement annulée par l'envie, l'irritation ou la haine des autres.

On trouve bien sûr parfois un employé exceptionnellement ambitieux qui réussit, par de bons ou de mauvais moyens, à chasser un supérieur encombrant pour se hausser à un rang plus élevé plus vite que grâce aux procédés normaux.

W. Shakespeare nous en donne un exemple intéressant dans *Othello*. Dans le premier acte, scène I, l'ambitieux Iago se plaint de ce que la promotion soit due au piston et n'obéisse pas aux strictes règles de l'ancienneté :

... c'est le drame du service,
La préférence est donnée par lettre ou affection
Et ne va pas aux anciens pour qui chaque instant
A été l'héritier du premier.

La promotion que brigue Iago est accordée à Michel Cassio. Iago imagine donc un double plan, assassiner Cassio et le discréditer aux yeux d'Othello, l'officier supérieur.

Le plan va réussir, mais Emilia, la femme de Iago, est une incorrigible bavarde :

Que les cieux et les hommes et les démons, tous
Tous me couvrent d'opprobre mais je parlerai.

Elle vend la mèche, et Iago n'obtiendra jamais la promotion convoitée. Le sort de Iago nous apprend que le secret est la clef de voûte de l'ambition.

Une telle ambition est rare, cependant, et ne peut sérieusement s'opposer à ma thèse du facteur ambition.

Le pouvoir de l'ambition est trop souvent surestimé pour deux raisons :

La première est l'impression presque obsessionnelle qu'une personne qui se donne plus de mal pour arriver mérite justement d'arriver plus vite et de monter plus haut que les autres. Cette illusion n'a naturellement pas la moindre base scientifique ; c'est simplement une idée reçue moralisatrice que j'appelle le *Complexe d'Alger* [1]...

La deuxième est qu'aux yeux de l'observateur ignorant, le pouvoir de l'ambition paraît plus fort qu'il ne l'est parce que la plupart des ambitieux présentent le syndrome de la pseudo-réussite.

1. Voir note 1, p. 59.

Ils souffrent d'affections telles que la dépression nerveuse, l'ulcère de l'estomac, l'insomnie. Un ulcère, insigne de la réussite administrative, n'est bien souvent que le résultat d'une ambition débridée.

Les collègues qui ne comprennent pas la situation considéreront peut-être ce malade comme un exemple du syndrome du dernier poste (voir chapitre XI) et s'imagineront qu'il a atteint son sommet.

En fait, ces gens ont encore plusieurs rangs et plusieurs années de potentiel promotionnel devant eux.

La différence entre le syndrome de la pseudo-réussite et le syndrome du dernier poste est connue sous le nom de *nuance de Peter.* Afin de classer ces divers cas, vous devez toujours vous demander : « Cette personne accomplit-elle un travail utile ? » Si la réponse est :

Oui : elle n'a pas atteint son niveau d'incompétence et ne présente par conséquent que le syndrome de la pseudo-réussite.

Non : elle a atteint son niveau d'incompétence et présente donc le syndrome du dernier poste.

Je ne sais pas : vous avez atteint votre propre niveau d'incompétence. Examinez-vous et cherchez immédiatement vos symptômes !

Derniers mots sur l'ambition

Ne restez jamais debout quand vous pouvez être assis ; n'allez jamais à pied quand vous pouvez prendre une voiture ; ne manifestez jamais d'ambition quand vous pouvez être pistonné.

VI

CEUX QUI SUIVENT ET CEUX QUI DIRIGENT

Boum ! Boum !

Entre toutes les tâches que j'ai dû affronter, une des plus urgentes a été de tirer à boulets rouges sur diverses idées fallacieuses, héritages de l'ère pré-scientifique de la hiérarchologie.

Que peut-il y avoir de plus faux que le dicton « Rien ne réussit comme la réussite » ?

Comme vous l'avez déjà compris, j'espère, la hiérarchologie démontre clairement que rien n'échoue comme la réussite, quand un travailleur atteint finalement son niveau d'incompétence.

J'évoquerai plus loin l'incompétence créatrice et je démontrerai que, de même, rien ne réussit comme l'échec.

Mais dans ce chapitre je vais attaquer plus particulièrement cette vieille scie : « Pour commander il faut savoir obéir. »

C'est un exemple typique des illusions hiérarchologiques chéries dans les milieux administratifs. La mère de George Washington, par exemple, à qui l'on demandait comment son fils avait pu accomplir ses prouesses militaires, répondit : « Je lui ai appris à obéir. » L'Amérique héritait ainsi d'un paradoxe de plus. Comment la faculté de commander peut-elle dépendre de celle d'obéir ? Autant dire que la faculté de flotter dépend de celle de couler.

Prenons le cas le plus simple possible : une hiérarchie de deux rangs. L'employé qui sait bien obéir sera promu au rang de commandement.

Ce même principe est vrai des hiérarchies les plus complexes ; ceux qui savent obéir possèdent un potentiel promotionnel important dans les rangs les plus inférieurs, mais finissent par révéler leur incompétence en tant que chefs.

Un récent examen des faillites commerciales a montré que cinquante-trois pour cent étaient dues à une totale incompétence des directeurs, les anciens sous-fifres devenus chefs !

Dossier militaire, cas n° 17 :

Le capitaine N. Chatters occupait avec compétence un poste administratif dans une base militaire. Il s'entendait bien avec tout le monde, du simple soldat au général, et obéissait aveuglément aux ordres, avec le sourire. En un mot, il était un excellent sous-fifre. Il fut promu au grade de commandant, et il devait à présent prendre des initiatives.

Mais Chatters ne pouvait supporter la solitude qui accompagne nécessairement un poste de responsabilité. Il passait son temps avec ses subordonnés, plaisantait et bavardait avec eux, les gênait dans leur travail. Il était absolument incapable de donner un ordre et de laisser l'autre l'exécuter en paix ; il fallait qu'il s'en mêle, qu'il l'accable de conseils. Ainsi harassés, les subordonnés de Chatters devinrent incompétents et malheureux.

Chatters passait aussi une bonne partie de son temps dans les bureaux de son colonel. Quand il ne trouvait aucune raison valable de s'entretenir avec cet officier supérieur, il bavardait avec la secrétaire. Elle pouvait difficilement le mettre à la porte et lui dire de lui ficher la paix. Son travail s'en ressentit.

Pour se débarrasser de Chatters le colonel l'envoyait porter des ordres aux quatre coins de la base.

Dans ce cas précis le bon subordonné promu à un poste de commandement est incapable de commander efficacement, empêche ses subordonnés de travailler avec efficacité et fait perdre leur temps à ses supérieurs.

Dossier des self-made-men, cas n° 2 :

Dans la plupart des hiérarchies, en fait, les employés qui ont le plus grand potentiel de commandement ne peuvent devenir des chefs. Voici un exemple :

W. Wheeler était livreur à bicyclette au service

des messageries Mercure. Wheeler organisa systématiquement son travail de livraison, à un degré inconnu jusqu'alors. Ainsi il explorait et traçait les plans de tous les chemins, rues et avenues pour chercher des raccourcis dans son territoire ; il chronométrait les feux de signalisation afin de ne pas perdre de temps.

Il en résulta qu'il livra sa quantité quotidienne de paquets si vite qu'il lui restait deux heures à perdre ou plus ; il passait le temps au café, à lire des ouvrages sur le management. Quand il se mit en tête de réorganiser les livraisons de ses collègues, il fut renvoyé.

Sur le moment, il donna l'impression d'avoir échoué, d'être un exemple du défolié super-compétent, témoignage vivant de la théorie du « désobéissant-mauvais-commandant ».

Mais il se mit bientôt à son compte, créa les messageries volantes Pégase et en trois ans mit Mercure en faillite.

Nous constatons ainsi que les qualités exceptionnelles et la compétence d'un chef ne peuvent permettre d'aboutir en passant par les voies hiérarchiques normales. L'homme doué doit obligatoirement quitter la hiérarchie pour prendre un nouveau départ ailleurs.

Dossier des célébrités, cas nº 902 :

Thomas A. Edison, renvoyé pour incompétence quand il vendait des journaux, fonda sa propre société qui fut une réussite totale.

A l'occasion et dans des circonstances exceptionnelles, le potentiel de commandement peut toutefois se faire reconnaître, par exemple à la guerre, si tous les officiers d'une unité sont tués lors d'une offensive brusquée. Ce fut justement le cas pour L. Dare, un simple caporal, qui assuma alors le commandement, repoussa l'ennemi et conduisit ses camarades à l'abri. Il fut promu sur-le-champ. Dare ne serait jamais passé lieutenant en temps de paix, car il faisait preuve d'une initiative redoutable. Il fut promu parce que le système normal de hiérarchie et d'ancienneté avait été détruit ou momentanément suspendu.

Le lecteur est sans doute perplexe maintenant, et peut se demander si je ne suis pas en train de démolir le principe de Peter selon lequel l'employé compétent est toujours destiné à une promotion. Mais il n'y a là nulle contradiction !

Comme nous venons de le voir au troisième chapitre, la compétence d'un employé est déterminée non par des observateurs comme vous et moi, mais par l'employeur ou, de plus en plus souvent aujourd'hui, par d'autres employés d'un rang plus élevé. A leurs yeux, le potentiel de commandement équivaut à de l'insubordination, et l'insubordination est de l'incompétence.

Ceux qui savent obéir ne peuvent pas savoir commander. Il est évident que l'employé docile et obéissant sera promu, plus d'une fois, mais cela n'en fera pas un bon chef. La plupart des hiérarchies sont tellement accablées de règlements et de traditions, ligotées aussi par les lois, que les employés les plus importants eux-mêmes, les cadres supérieurs, n'ont pas à commander ni à diriger en ouvrant des voies. Ils se contentent de se plier aux précédents, obéissent aux règlements, et marchent en tête de la foule. Ces cadreslà ne « dirigent » que si l'on estime que la figure de proue « dirige » le navire.

On imagine aisément comment, dans un tel milieu, l'apparition d'un véritable chef va créer des remous dans la mare. Il sera craint et détesté. Ce syndrome s'appelle la *mégaloléophobie* (crainte de la grosse huile) ou mieux encore, par les hiérarchologues experts, le *complexe d'hypofifrioléophobie* (crainte que le sous-fifre passe au rang de l'huile).

VII

POLITIQUE ET HIÉRARCHOLOGIE

NOUS avons vu comment le principe de Peter s'applique dans quelques petites hiérarchies, écoles, usines, garages, etc. Voyons maintenant les hiérarchies plus complexes de la politique et du gouvernement.

Lors d'une de mes conférences, un étudiant latino-américain nommé Cesare Inocente, me dit :

« Professeur, mes études ne m'apprennent pas ce que je voudrais savoir. J'ignore si le monde est dirigé par des hommes intelligents qui, comment dire, nous mènent en bateau, ou par des imbéciles sincères. »

La question d'Inocente résume les pensées et les sentiments d'un grand nombre de personnes. Les sciences sociales n'ont jamais donné de réponse valable.

Jusqu'à ce jour, aucun théoricien politique n'a encore pu analyser de façon satisfaisante les arcanes des gouvernements ni prédire avec justesse l'avenir politique. Les marxistes se sont aussi lourdement trompés que les capitalistes. Les études de hiérarchologie comparée m'ont démontré que les systèmes socialiste, communiste et capitaliste souffrent de la même accumulation de personnel incompétent et redondant. Mes recherches n'ont pas encore complètement abouti mais je vais tout de même soumettre le rapport provisoire suivant. Si des subventions me sont accordées, je terminerai mes recherches de hiérarchologie comparée et passerai de là à la hiérarchologie universelle.

Rapport provisoire

Dans toute crise économique ou politique, un fait s'impose d'emblée : d'innombrables experts proposeront d'innombrables remèdes.

Le budget est en déficit : A préconisera d'augmenter les impôts, B de les réduire.

Le pays ne reçoit plus de capitaux étrangers, on n'a plus confiance en sa monnaie : C conseille l'austérité, D l'inflation.

Il y a des émeutes dans les rues : E proposera de subventionner les pauvres, F d'aider les riches.

Une puissance étrangère se montre menaçante : G affirmera qu'il faut répondre à la menace, H penchera pour l'apaisement. Pourquoi cette confusion ?

Parce que de nombreux experts ont atteint leur niveau d'incompétence : leurs conseils sont ridicules.

Parce que certains avancent de bonnes théories, mais sont incapables de les mettre en pratique.

Parce qu'enfin les conseils bons ou mauvais ne peuvent être efficacement mis à exécution parce que le système gouvernemental est formé d'une suite de hiérarchies entremêlées dans lesquelles l'incompétence est reine.

Considérons maintenant deux des branches du gouvernement, le législatif qui fait les lois et l'exécutif qui, avec son armée de fonctionnaires, tente de les faire appliquer.

La plupart des législatures modernes, même dans les pays socialistes, sont élues par le suffrage universel. On pourrait penser que les électeurs reconnaîtraient et éliraient, dans leur propre intérêt, les hommes d'Etat compétents pour les représenter au Parlement. Cela, c'est la théorie du gouvernement représentatif. Dans la réalité, le processus est plus compliqué.

La politique d'aujourd'hui est tributaire des partis. Certains pays n'ont qu'un seul parti officiel, d'autres en ont deux, d'autres encore d'innombrables. On imagine naïvement qu'un parti politique est une réunion de personnes aux mêmes opinions coopérant pour défendre leurs intérêts communs. C'est faux, naturellement. Cette défense est assumée par des groupes, et il y a autant de groupes que d'intérêts divergents. Un parti politique est simplement un appareil destiné à choisir des candidats et à les faire élire.

Il est certain que l'on voit parfois un candidat indépendant se faire élire grâce à ses efforts personnels, sans le soutien d'un parti. Mais les frais monstrueux exigés par une campagne politique font que ce phénomène devient de plus en plus rare aux niveaux local ou régional et parfaitement inconnu à l'échelon national. On peut affirmer sans crainte que les partis régissent la sélection des candidats.

Tout parti politique est une hiérarchie. La plupart des membres sont bénévoles, naturellement, et il en est même qui paient pour avoir ce privilège, mais le parti forme néanmoins une structure de rangs et possède un système de promotion très net.

J'ai exposé le principe de Peter appliqué aux salariés. Nous allons voir qu'il est valable aussi dans ce type de hiérarchie.

Dans un parti, comme à l'usine ou à l'armée, la compétence à un poste est indispensable pour la promotion au rang supérieur. Un agent électoral compétent qui fait du porte-à-porte peut être promu, pour diriger un groupe d'agents. Mais l'agent incompétent ou désagréable est condamné à frapper aux portes toute sa vie, en faisant perdre des électeurs à son parti.

Un remplisseur d'enveloppes rapide peut espérer devenir chef d'une équipe de remplissage d'enveloppes ; l'incompétent ne s'élèvera pas et continuera de remplir maladroitement ses enveloppes, mettant deux affichettes dans l'une, point dans l'autre, les pliant dans le mauvais sens, les laissant tomber, et ainsi de suite, du moment qu'il reste avec le parti.

Un percepteur de fonds compétent peut être nommé au comité qui choisit le candidat. Mais s'il a su bien mendier, il manque peut-être de jugement pour choisir un homme et risque de soutenir un candidat incompétent.

Même si le comité est formé en majorité d'hommes intelligents et compétents, il choisira son candidat non pour sa sagesse ou ses qualités de législateur mais pour sa faculté présumée d'attirer les votes à lui.

Jadis, quand de grandes réunions publiques décidaient du résultat des élections, et quand les orateurs politiques étaient de véritables artistes, le meilleur tribun pouvait espérer être choisi par un parti, et le meilleur orateur parmi les divers condidats était généralement élu. Mais l'homme qui savait charmer, envoûter, amuser et séduire une foule de dix mille électeurs par la voix et le geste n'était pas nécessairement le plus apte à penser juste, à décider raisonnablement et à défendre au mieux le bien public.

Le progrès aidant, un parti politique choisira pour candidat celui qui fait la meilleure impression sur l'écran de télévision. Mais, de même, le charme et l'aisance — aidés par le maquillage et un bon éclairage — ne sont pas des garanties de compétence politique.

Bien des hommes, autrefois et aujourd'hui, sont passés du rôle de candidat à celui de législateur, pour y trouver leur niveau d'incompétence.

La législature est une hiérarchie en soi. Un élu

qui se révèle incompétent comme simple député, ne deviendra jamais ministre.

Mais un bon député peut obtenir un portefeuille quelconque et se révéler mauvais ministre.

Nous constatons donc que le principe de Peter gouverne tout le législatif, depuis le plus humble des agents électoraux jusqu'aux ministres les plus en vue. Chacun tend à s'élever et avec le temps, tout poste risque d'être occupé un jour ou l'autre par un incompétent.

Il est bien évident que le principe s'applique également à l'exécutif, aux ministères, aux agences gouvernementales, aux offices locaux, régionaux ou nationaux. Tous les organismes, de la police à l'armée, sont des hiérarchies rigides de salariés, et tous sont, par force, encombrés d'incompétents, incapables d'exécuter leur travail et qui ne peuvent être ni promus ni renvoyés.

Tout gouvernement, démocratie, dictature, royaume, communiste ou capitaliste, s'écroule quand sa hiérarchie atteint un état de maturité intolérable [1].

La situation est plus grave qu'elle ne l'était quand les nominations civiles ou militaires étaient dues au favoritisme. Cela peut passer pour une hérésie en notre époque d'égalitarisme, mais je m'explique.

1. L'efficacité d'une hiérarchie est inversement proportionnelle à son quotient de maturité ou Q.M.

$$\text{Q.M.} = \frac{\text{Nbre d'employés au niveau d'incompétence} \times 100}{\text{Nombre total des employés de la hiérarchie}}$$

Manifestement, quand le Q.M. atteint le chiffre 100, aucun travail efficace ne pourra être accompli.

Supposons un pays imaginaire appelé Pistonie, où les concours d'entrée, l'égalité de la promotion par le mérite ou la compétence sont inconnus. La Pistonie a un système de classes très strict, et les postes importants ainsi que les grades élevés de la hiérarchie sont réservés aux membres de la classe dominante.

Vous remarquerez que j'évite d'employer le terme de « classe supérieure » qui me semble gênant, parce qu'on imagine généralement une classe dominante par l'aristocratie ou la richesse. Mais mes conclusions s'appliquent aussi aux systèmes dans lesquels la classe dominante est séparée de la classe subordonnée pour des considérations de religion, de race, de langage, ou de politique.

Peu importe quel est le critère en Pistonie, le fait essentiel est que ce pays possède une classe dominante et une classe subordonnée. Le graphique ci-dessous représente une hiérarchie pistonienne typique présentant la structure pyramidale classique :

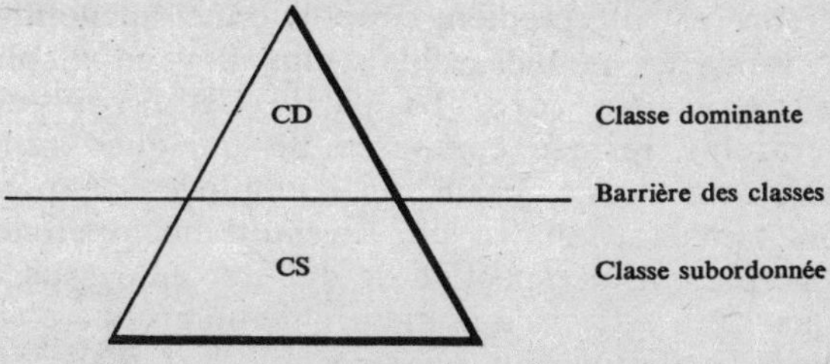

La partie inférieure, marquée CS, se compose des employés de la classe subordonnée. Peu importent leurs qualités ou leur compétence, ils ne pourront jamais franchir la ligne B.C., barrière de classes.

La partie supérieure CD est occupée par les employés de la classe dominante. Ils ne débutent pas au bas de l'échelle, mais au niveau de la barrière de classes.

Or, il est évident que, dans la partie basse, CS, beaucoup d'employés ne pourront jamais, par suite de la barrière de classes, s'élever assez pour atteindre leur niveau d'incompétence. Ils passeront leur vie à se consacrer à des tâches auxquelles ils excellent. Personne n'est promu plus haut que cette base CS, donc cette partie de la société conserve et utilise continuellement ses employés compétents.

Manifestement, alors, dans les rangs les plus bas de la hiérarchie, le maintien de la barrière de classes assure un plus haut degré d'efficacité, lequel ne pourrait exister sans la barrière.

Examinons maintenant la partie CD, au-dessus de la barrière. Comme nous l'avons constaté, l'espoir d'un employé d'atteindre son niveau d'incompétence est directement proportionnel au nombre de rangs de la hiérarchie ; plus il y en a, plus l'incompétence sévit. La partie CD forme une hiérarchie fermée composée de quelques rangs seulement. Donc, beaucoup d'employés ne pourront jamais atteindre leur niveau d'incompétence.

De plus, la perspective de débuter au-dessus de la barrière attirera à la hiérarchie un groupe d'employés brillants qui ne se seraient jamais présentés s'ils avaient dû débuter au bas de l'échelle.

Considérons la situation sous un autre angle. Dans le neuvième chapitre, j'évoquerai les sondages efficients, et démontrerai que le seul moyen valable d'accroître l'efficacité dans une hiérarchie est d'apporter un sang neuf aux échelons supérieurs. Dans la plupart des systèmes modernes, une telle transfusion se produit de temps en temps, après une réorganisation, par exemple, ou pendant des périodes d'expansion rapide. Mais dans les hiérarchies pistoniennes, c'est un processus continu ; de nouveaux employés arrivent régulièrement au niveau supérieur, au-dessus de la barrière de classes.

Par conséquent, dans les parties marquées CS et CD, au-dessus et au-dessous de la barrière de classes, les hiérarchies pistoniennes sont plus efficientes que celles des sociétés égalitaristes.

Avant que l'on ne m'accuse de préconiser l'institution d'un système semblable chez nous, j'aimerais faire observer qu'il existe déjà. Les classes ne sont pas fondées sur la naissance, mais sur le prestige de l'université où l'on a fait ses études. Par exemple, le jeune homme sorti de Harvard est appelé « l'homme de Harvard », mais celui qui vient de l'université Snackbar ne se voit jamais appelé « le type de Snackbar ». Dans certaines hiérarchies, le diplômé d'une petite université obscure — quelle que soit sa compétence — ne peut espérer gravir les mêmes échelons que celui qui sort d'un établissement prestigieux.

A vrai dire, cette situation évolue. On a de plus en plus tendance à exiger des diplômes universitaires, même pour les postes les plus bas de la hiérarchie. Cela devrait accroître les espoirs de promotion de tous les diplômés, et par conséquent diminuer la valeur de ce diplôme de prestige.

Faute de subventions, hélas ! je n'ai pu étudier à fond ce phénomène, mais je n'hésite pas à prédire que, d'année en année, tous les diplômés auront davantage d'occasions d'atteindre leur niveau d'incompétence dans l'entreprise privée ou publique.

VIII

IDÉES ET PRÉVISIONS

On a coutume d'orner tout ouvrage scientifique d'une bibliographie, sans doute pour mettre à l'épreuve la compétence du lecteur en lui présentant une liste de livres impressionnante, ou bien pour prouver la compétence de l'auteur en montrant la montagne de minerai qu'il a dû trier pour y découvrir une pépite de vérité.

Comme ceci est un premier livre, il n'y a pas de bibliographie. J'avoue ce défaut d'érudition apparent car je suis persuadé que l'avenir justifiera mon non-conformisme.

Malgré tout, je tiens à mentionner des auteurs qui, bien que n'ayant jamais écrit sur ce sujet, auraient pu le faire s'ils y avaient pensé. Voici donc une bibliographie de proto-hiérarchologues.

Les auteurs inconnus de nombreux proverbes avaient une connaissance instinctive de la théorie de l'incompétence.

« A chacun son métier, les vaches seront bien gardées » est évidemment un conseil au vacher qui ambitionnerait de devenir régisseur de la ferme. La main qui savait traire les vaches avec compétence risque d'être malhabile pour faire les comptes du domaine et celui qui mène bien le troupeau ne saurait peut-être pas diriger les ouvriers agricoles.

« Trop de marmitons gâtent la sauce » signifie que plus il y a de personnes qui travaillent à un projet, plus il y a de chances que l'une d'elles au moins ait atteint son niveau d'incompétence. Un marmiton compétent promu au rang de chef à son niveau d'incompétence peut mettre trop de sel et gâter le plat malgré le bon travail des six cuisiniers qui l'ont aidé à cuisiner cette sauce.

« Le travail de la femme n'est jamais fini », voilà un triste commentaire qui constate que la plupart des femmes ont atteint leur niveau d'incompétence ménagère.

Dans son *Rubàiyàt*, Omar Khayam évoque amèrement l'incompétence des hiérarchies religieuses et enseignantes.

Dans ma jeunesse je fréquentais avidement
Docteurs et saints, entendant maint argument
Sur ceci ou cela ; mais à chaque fois
Sortais par la porte où j'étais entré.

J'ai mentionné ailleurs l'« instinct hiérarchique » des hommes, leur tendance irrésistible à s'organiser par rangs. Certains critiques nient l'existence de cet instinct. Cependant, Alexander Pope l'a remarqué il y a deux siècles, et y a même vu une expression d'un principe divin :

L'ordre est la première loi du Ciel et j'avoue
Que certains sont, et seront, les maîtres de tous.
(Essai sur l'homme, épître IV.)

Il a observé avec justesse la satisfaction obtenue quand on fait son travail avec compétence :

Sachez tout le bien qu'éprouvent les hommes
Que Dieu ou la Nature leur ont destiné,
Le plaisir de la raison, les joies des sens,
Sont en trois mots, santé, paix et compétence.
(Ibid.)

Pope a énoncé un des principes clefs de la hiérarchologie :

Que désire cet homme ? Voilà qu'il s'élève,
Et moins qu'un ange veut être davantage.
(Essai sur l'homme, épître I.)

En d'autres termes, un employé consent rarement à demeurer à son niveau de compétence mais tient à toute force à se hausser à un échelon où il ne sera bon à rien.

La description faite par Sidney Smith de l'incompétence dans le travail est si remarquable qu'elle est passée chez nous en proverbe :

Si l'on veut représenter les divers stades de la vie au moyen de trous dans une table de formes différentes — ronds, triangulaires, rectangulaires, carrés — et les personnes occupant ces stades par des morceaux de bois de formes similaires, nous trouverons généralement que la personne triangulaire a tenté de pénétrer dans le trou carré, la rectangulaire dans le triangulaire, et que la personne carrée a voulu s'enfoncer dans le trou rond. L'officier et son grade, le travailleur et son travail s'assortissent bien rarement et il n'arrive guère que l'on puisse dire qu'ils sont faits l'un pour l'autre [1].

Washington Irving observe : « Les petits esprits ternes sont généralement préférés pour la fonction publique et surtout pour les honneurs. » Il n'imaginait pas qu'un esprit pût être assez brillant pour une situation de subordonné mais paraître terne une fois promu à un poste important, comme une bougie peut fort bien éclairer une table pour le dîner mais être insuffisante si elle est placée au sommet d'un réverbère pour éclairer une rue.

Karl Marx a certainement reconnu l'existence des hiérarchies, mais semble avoir cru qu'elles étaient le fait des capitalistes. En prônant une société non hiérarchique, il ne comprit manifestement pas quc l'homme est hiérarchique de nature, qu'il veut et doit avoir des hiérarchies, qu'elles soient patriarcales, aristocratiques, capitalistes ou socialistes. Sur ce point, il est beaucoup moins perceptif que Pope.

Puis, dans une flagrante volte-face, Marx énonce le principe de sa société non hiérarchique : « Que

1. Smith, Sidney (1771-1845). *Croquis de philosophie morale*, 1850.

chacun travaille selon ses possibilités, et chacun selon ses besoins. » Cela suppose la création d'une double hiérarchie, ceux qui sont habiles, et ceux qui ont des besoins.

Même si nous passons sur cette contradiction de Marx, le principe de Peter démontre que nul ne peut espérer obtenir du travail « selon ses possibilités », sinon nous devrions toujours garder des employés à leur niveau de compétence. Mais c'est une utopie, car chaque employé doit se hausser à son niveau d'incompétence, et, une fois là, il sera incapable de produire selon ses possibilités.

La théorie de Marx n'est donc qu'un rêve, un nouvel opium du peuple. Aucun gouvernement qui a essayé d'appliquer son principe n'a pu le faire marcher. Marx n'est qu'un visionnaire non scientifique.

Nous trouverons plus de science chez les poètes. L'aphorisme de Dickinson : « Le succès est plus doux à ceux qui ne réussissent jamais », est psychologiquement juste quand le mot « succès » prend sa signification hiérarchologique de poste final au niveau d'incompétence.

Lewis Carroll, dans *A travers le miroir,* se réfère à la vie au niveau de l'incompétence quand il fait dire à la Reine : « Ici, voyez-vous, il faut courir tant qu'on peut pour rester à la même place. » Autrement dit, une fois qu'un employé a atteint son poste final, ses efforts les plus violents ne pourront lui apporter une nouvelle promotion.

Freud, plus que tout autre, a failli découvrir le principe de Peter. En observant des cas de névrose, d'angoisse, de maladie psychosomatique, d'amnésie et de psychose, il a constaté la douloureuse prédominance de ce que nous pourrions appeler le syndrome généralisé de l'incompétence vitale.

Cette incompétence vitale provoque naturellement des frustrations aiguës. Freud, toujours obsédé, a préféré expliquer ces frustrations en termes sexuels tels que le désir refoulé, le complexe de castration ou le complexe d'Œdipe. En un mot, il estimait que les femmes étaient frustrées parce qu'elles ne pouvaient être des hommes, les hommes parce qu'ils ne pouvaient faire des enfants, les petits garçons parce qu'ils ne pouvaient épouser leur mère et ainsi de suite.

Mais Freud est passé à côté en pensant que la frustration vient d'un désir de changement pour accéder à une situation plus enviable (homme, père, mari de la mère, épouse du père, etc.), c'est-à-dire un désir de promotion ! La hiérarchologie nous démontre au contraire que la frustration est le résultat de la promotion.

Cette erreur de Freud est due à sa nature essentiellement introspective ; il s'entêtait à étudier ce qui se passait (ou qu'il croyait se passer) à l'intérieur de ses patients. La hiérarchologie, en revanche, étudie ce qui se passe en dehors du patient, étudie l'ordre social dans lequel l'homme évolue, et explique avec réalisme la fonction de l'homme dans cet ordre. Alors que Freud passait son temps à fouiner dans les profondeurs obscures du subconscient, j'ai consacré mes efforts à l'examen du comportement humain, visible et mesurable.

Les psychologues freudiens qui n'étudient pas la fonction de l'homme dans la société sont semblables à un homme placé devant un ordinateur électronique qui cherche à comprendre son mécanisme en s'interrogeant sur ses rouages et ses fils sans essayer de deviner l'utilité et la fonction de cet appareil.

Ne minimisons pas, cependant, le travail de pionnier de Freud. Bien qu'il se soit mépris, il a découvert beaucoup de choses. Fouillant toujours le subconscient du patient, il est devenu célèbre grâce à sa théorie selon laquelle l'homme est inconscient de ses propres motivations, ne comprend pas ses propres sentiments et ne peut donc espérer se libérer de ses frustrations. La théorie était inattaquable parce que personne ne pouvait consciemment et rationnellement disputer de la nature et du contenu du subconscient.

Dans un éclair de génie professionnel, il a inventé la psychanalyse destinée à rendre les patients conscients de leur subconscient.

Puis il est allé trop loin, en se psychanalysant lui-même, et a prétendu être conscient de son subconscient. (Certains critiques estiment aujourd'hui que tout ce qu'il a fait, c'est rendre ses patients conscients de son subconscient à lui.) Quoi qu'il en soit, par ce procédé d'auto-analyse, il a scié la branche sur laquelle il était assis.

Si Freud avait compris la hiérarchologie, il ne serait pas allé si loin, il n'aurait pas atteint son niveau d'incompétence. En minant la grande structure construite par lui sur l'impénétrabilité du subconscient, Freud a ouvert la voie à son grand successeur, S. Potter.

Potter, comme Freud, était obsédé, et il peut être mis sur le même plan que Freud pour l'acuité de son observation et la hardiesse avec laquelle il imagina une pittoresque et mémorable terminologie pour décrire ce qu'il voyait.

Comme Freud, Potter a observé et classé beaucoup de phénomènes de frustration humaine. L'état de frustration de base est appelé *one down* ou descente, et l'euphorie provoquée par la suppression de la frustration *one-up* ou avantage. Il estime que les hommes ont un besoin inné de monter du premier état au second. Et la technique nécessaire à cette élévation est appelée par lui *one-upmanship.*

La différence principale entre les deux hommes c'est que Potter réfute la doctrine de motivation subconsciente de Freud. Il explique le comportement humain comme étant une volonté consciente de surpasser les autres, de triompher des circonstances et de devenir ainsi « avantagé ». Potter réfute de même le dogme freudien qui veut que le patient frustré reçoive des soins professionnels, et traite cela de bricolage psychologique. Il préconise certaines méthodes ou trucs qui, si on sait les employer, permettront au patient de devenir « avantagé ».

L'Avantagé, le Viveur, le Joueur, pour résumer les théories de Potter élégamment énoncées, emploient tous diverses formes de conduite répréhensible pour se hausser sur l'échelle sociale, mondaine, commerciale, professionnelle ou sportive.

Potter écrit avec tant de verve que l'on a tendance à négliger la faiblesse fondamentale de son système, la supposition que, pour peu que l'Avantagé apprenne suffisamment de trucs, il pourra continuer de s'élever et rester avantagé en permanence.

Dans la réalité, rien ne peut hausser un homme au-delà de son niveau d'incompétence. Le seul résultat de la technique de Potter serait de le lui faire atteindre plus tôt. Et, une fois là, il est dans la situation *one-down* ou descente à laquelle rien ne peut remédier.

Le bonheur durable ne peut être obtenu qu'en évitant la promotion ultime, en préférant, à un certain stade de son élévation, abandonner la poursuite de l'avantage et pratiquer ce que Potter aurait pu appeler la *staticité*. Je ferai observer plus loin, au chapitre de l'incompétence créatrice, comment on peut arriver à cela.

Cependant, je dois reconnaître que Potter est un grand théoricien qui a adroitement comblé le fossé entre le principe freudien et celui de Peter.

Parkinson, théoricien social éminent, observe et décrit de façon amusante le phénomène de l'accumulation du personnel dans les hiérarchies. Mais il tente d'expliquer ce qu'il appelle la pyramide montante en supposant que les plus anciens employés pratiquent une stratégie de « diviser pour vaincre », qu'ils rendent délibérément la hiérarchie inefficiente afin de s'y hausser eux-mêmes.

Cette théorie est boiteuse pour les raisons suivantes : premièrement, elle suppose une intention et un dessein de la part des occupants des postes plus élevés et mes recherches m'ont montré que beaucoup d'employés bien en place sont incapables de concevoir un plan quelconque, pour diviser, conquérir ou quoi que ce soit d'autre.

Deuxièmement, le phénomène décrit par Parkinson — trop de personnel et pas assez de production — est souvent en conflit flagrant avec les intérêts du personnel supérieur. Le rendement baisse au point que l'affaire tombe en faillite, et les employés responsables se trouvent sans travail. Dans les hiérarchies gouvernementales, ils peuvent être harcelés ou humiliés par des commissions législatives, ou des inspecteurs enquêtant sur leur gaspillage ou leur incompétence. Il n'est guère concevable que ces gens se mettent ainsi de leur plein gré dans de telles situations.

Troisièmement, toutes choses égales d'ailleurs, moins une société dépense d'argent pour payer son personnel, plus elle fait de bénéfices, et il y a par conséquent assez d'argent pour augmenter les salaires, les primes, les dividendes et autres provendes des gens en place. Si la hiérarchie peut fonctionner efficacement avec mille employés, la direction n'a aucune raison d'en embaucher deux mille deux cents.

Mais supposons que la hiérarchie ne puisse fonctionner avec ses mille employés. Comme le démontre le principe de Peter, beaucoup, sinon la plupart, des cadres supérieurs, auront atteint leur niveau d'incompétence. Ils ne peuvent rien faire pour améliorer la situation avec le personnel existant — tout le monde fait déjà de son mieux — alors dans un dernier effort désespéré pour obtenir une plus grande efficience, ils embauchent du nouveau personnel. Comme nous l'avons vu au chapitre III, une augmentation du personnel peut provoquer une amélioration provisoire, mais le processus de promotion produit éventuellement son effet sur les nouveaux, et eux aussi, ils arrivent à leur niveau d'incompétence. Alors, le seul remède paraît être une nouvelle embauche, un nouveau mieux temporaire, et tout est à recommencer.

C'est la raison pour laquelle il n'y a aucun rapport direct entre le nombre des employés et le travail efficace effectué. L'accumulation du personnel ne peut être expliquée par la théorie de conspiration de Parkinson ; elle résulte d'une recherche sincère mais futile d'efficacité par les cadres supérieurs de la hiérarchie.

Autre chose : Parkinson fonde sa loi sur la hiérarchie féodale ou de Chéops.

Hiérarchie de Chéops (ou féodale)

C'est tout simplement parce que Parkinson a fait sa découverte dans l'armée, où les traditions et les méthodes d'organisation désuètes et dépassées sont les plus virulentes.

Il est certain que la hiérarchie féodale n'a pas complètement disparu, mais un système hiérarchologique complet doit aussi tenir compte de l'existence de diverses autres formes de hiérarchies et expliquer leur fonctionnement.

Voyons par exemple la *formation du T volant :*

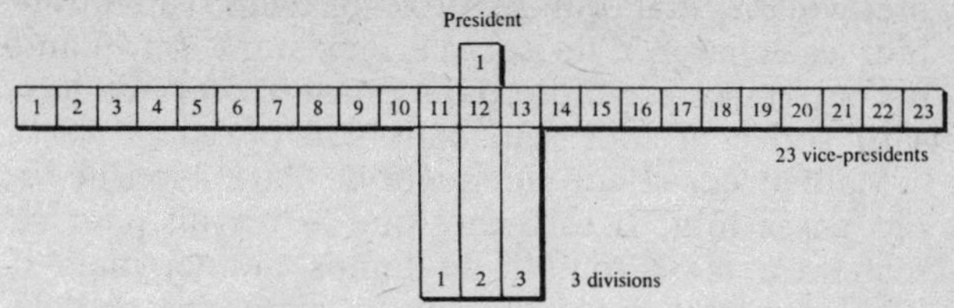

Ce graphique démontre clairement qu'une société qui a trois départements principaux, vingt-trois vice-présidents et un président ne s'inscrit pas dans le diagramme pyramidal traditionnel.

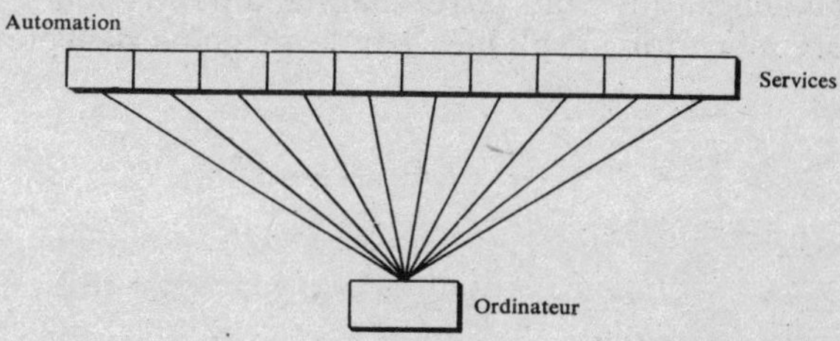

Dans cette modification récente, la large base de la pyramide du personnel est remplacée par un ordinateur.

Beaucoup de services sont dirigés par un ordinateur, ce qui produit une pyramide inversée. Cette forme se retrouve quand les nombreux cadres, surveillants et ouvriers sont soutenus par un procédé de production hautement automatisé.

J'ai déjà décrit au deuxième chapitre le sommet volant, état qui se produit quand un directeur est chargé d'un service inexistant, ou quand un personnel est muté dans un autre service laissant son chef tout seul dans son bureau.

Malheureusement, l'enquête de Parkinson ne va pas assez loin. Il est exact que le travail peut se distendre pour remplir le temps donné, mais il n'ira pas plus loin. Il peut se distendre au-delà de l'existence de l'organisation et la société peut faire faillite, le gouvernement peut tomber, la civilisation peut sombrer dans la barbarie, alors que les incompétents poursuivent leur travail. Nous devons donc, à regret, écarter la séduisante théorie de Parkinson. Néanmoins, il mérite des louanges pour avoir attiré notre attention sur ces phénomènes qui vont être maintenant, et pour la première fois, expliqués par le principe de Peter.

IX

PSYCHOLOGIE DE LA HIÉRARCHOLOGIE

A LA fin d'une de mes conférences hiérarchologiques, un étudiant m'a tendu un billet portant les questions suivantes : « Pourquoi ne nous expliquez-vous pas ce qui se passe dans l'esprit de l'oisif incompétent que vous décrivez si bien ? Après le dernier poste, est-ce que l'employé prend conscience de son incompétence ? Accepte-t-il son parasitisme ? Sait-il qu'il vole son patron, qu'il frustre ses subordonnés et qu'il ronge comme un cancer la structure économique de la société ? » On m'a posé beaucoup de questions de ce genre.

Je dois tout d'abord souligner que la hiérarchologie est *une science sociale,* et nous devons adopter une terminologie moins émotionnelle que ne le suggèrent des mots comme « oisif », « paresseux », « parasite », « voler » ou « cancer ». La question de la tournure d'esprit de l'incompétent mérite cependant considération. J'ai voulu aborder ce comportement en toute objectivité. J'ai découvert le principe de Peter en observant le comportement extérieur et j'ai évité de plonger dans le subconscient de mes sujets.

Miroir, miroir dis-moi...

Cependant, cette question concernant ce qui se passe dans l'esprit des hommes est intéressante : « L'individu finit-il par avoir connaissance de sa propre incapacité ? » Mes réponses à cette question sont subjectives et il leur manque la rigueur scientifique de l'ensemble de cet ouvrage.

Dans la plupart des cas, j'ai découvert peu de connaissance de soi. Cependant, quelques-uns de mes sujets se faisaient psychanalyser et j'ai pu obtenir des rapports de psychiatres, démontrant que les patients rendaient les autres responsables de leurs difficultés.

Si l'analyse se poursuivait en profondeur on constatait une plus grande acceptation de son moi. Cependant, je n'ai jamais observé, chez aucun individu, une compréhension du système hiérarchique ni de la promotion en tant que cause directe de l'incompétence.

Dossier psychiatrique, cas n° 12 :

S.N. Stickle était un manutentionnaire compétent dans la société de plomberie et de robinetterie Bathos Frères. En suivant assidûment des cours du soir, Stickle obtint des diplômes de management des entrepôts et de métallurgie non ferreuse élémentaire. Il fut promu contremaître adjoint des entrepôts.

Au bout de six ans, Stickle fit une nouvelle demande de promotion. On lui répondit qu'il n'avait pas les qualités requises d'un chef, il ne pouvait pas se faire obéir, donc il ne pouvait devenir contremaître en titre.

Mais Stickle refusait de reconnaître sa propre incapacité. Il se persuada que les grands ouvriers musclés de l'entrepôt le méprisaient parce qu'il était plus petit que la moyenne.

Il acheta des chaussures à talonnettes, et se mit à porter un chapeau dans l'entrepôt, pour se grandir. Il suivit des cours de culture physique, se fabriqua des muscles et prit du poids. Malgré tout, les ouvriers ne lui obéissaient toujours pas.

Stickle rumina ses défauts physiques, finit par avoir des complexes et décida de se faire soigner.

Le docteur Harty commença le traitement, essaya d'aider Stickle en lui parlant de tous les hommes petits qui avaient su trouver la gloire et la fortune. Stickle n'en fut que plus déprimé ; maintenant il ne se considérait plus seulement comme un petit mais aussi comme un obscur raté. Il perdit encore confiance et devint de plus en plus incompétent dans son travail.

Le cas de Stickle démontre que, sans une parfaite compréhension du principe de Peter, la psychiatrie est terriblement désavantagée quand elle tente de résoudre les problèmes provoqués par l'incompétence.

Le docteur Harty fut distrait par un détail, la petite stature de Stickle, alors que le problème était plus simple : Stickle avait tout simplement atteint son niveau d'incompétence dans la hiérarchie de la maison Bathos Frères. Aucun traitement psychiatrique ne pouvait y remédier.

Mais Stickle aurait pu être soulagé si on lui avait démontré qu'en atteignant le poste de contremaître adjoint il avait réussi et non échoué. Sans doute aurait-il été plus heureux s'il avait su que son cas n'était pas un exemple isolé d'infortune mais que tout le monde, dans tous les systèmes hiérarchiques, était, comme lui, soumis au principe de Peter.

Je suis certain qu'une compréhension de ce principe contribuera à la réussite des analyses de tous les cas d'incapacité.

Mais la connaissance de soi ne suffit pas non plus !

Parfois, après avoir accordé une promotion, la direction d'une entreprise comprend que le nouveau promu ne peut être à la hauteur de sa tâche.

« Grindley travaille moins bien depuis qu'il est contremaître. »

« Goode n'était pas assez bon, finalement, pour remplacer Betters. »

« Miss Cardington n'est pas à la hauteur comme chef du service des fiches. »

De temps en temps, l'employé lui-même finit

par se connaître et accepte son incompétence, en renonçant à monter plus haut. Dans ce cas aussi la réflexion provoque beaucoup de regret mais peu ou pas d'action.

Dossier de réflexion, cas n° 2 :

F. Overreach, un sous-directeur d'école compétent d'Excelsior City, fut nommé directeur. Avant la fin du premier trimestre il comprit qu'il n'avait pas la compétence requise pour ce poste. Il demanda à redevenir sous-directeur. Sa demande fut refusée ! Malheureux et aigri, il est obligé de demeurer à son niveau d'incompétence.

Je viens d'expliquer que les directions et les employés arrivent parfois à constater l'incompétence dans le travail mais ne font pas grand-chose pour la combattre. Vous vous dites sans doute : « Mais les tests d'application ? Les sondages d'efficience ? Sûrement, des experts objectifs peuvent diagnostiquer l'incompétence et prescrire les remèdes qui conviennent ! »

Le peuvent-ils vraiment ? Considérons donc ces experts et voyons comment ils se comportent.

Autrefois, les places se donnaient au hasard, selon les goûts ou les dégoûts du patron, s'obtenaient par chance (un postulant se présentait au moment précis où une place était libre). Cela se passe encore ainsi parfois, surtout dans les petites hiérarchies.

Cette désinvolture hausse souvent un employé à un poste pour lequel il est à peine compétent. On rend responsables de son travail médiocre son mauvais caractère, son manque de volonté ou sa paresse. On l'exhorte à se donner plus de mal, à grand renfort d'adages comme « vouloir c'est pouvoir », ou « cent fois sur le métier remettez votre ouvrage ».

Mal vu par ses supérieurs, il attend longtemps sa première promotion. (Il peut même en venir à se croire parfaitement incapable, imaginer qu'il ne mérite pas une promotion ; j'appelle cela le *syndrome d'Uriah Heep.*)

Cette embauche au petit bonheur est maintenant remplacée presque partout par les tests d'aptitude. L'attitude qui prévaut pourrait se résumer ainsi : « Si vous ne réussissez pas du premier coup, cherchez une autre branche. »

Naturellement, il est parfaitement inutile de faire passer des tests d'aptitude si l'on n'a pas sous la main une personne compétente pour noter les réponses et interpréter les résultats. Traité sans compétence, le système du test n'est qu'une forme déguisée de l'embauche au petit bonheur.

Mais si ces tests sont menés avec compétence, ils ont leur utilité. Il existe des tests d'aptitude générale ou d'intelligence, qui déterminent l'ingéniosité, le vocabulaire, l'habileté, etc., d'autres strictement bureaucratiques qui indiquent la faculté de se rappeler les chiffres, d'écrire lisiblement, de tenir un livre, d'autres encore qui cherchent chez un individu l'adresse mécanique, artistique, physique, l'intelligence générale, le raisonnement scientifique, les qualités de persuasion.

Les résultats de ces tests sont appelés « profils », et schématisés par une représentation graphique de la compétence d'un employé. Voici un de ces profils.

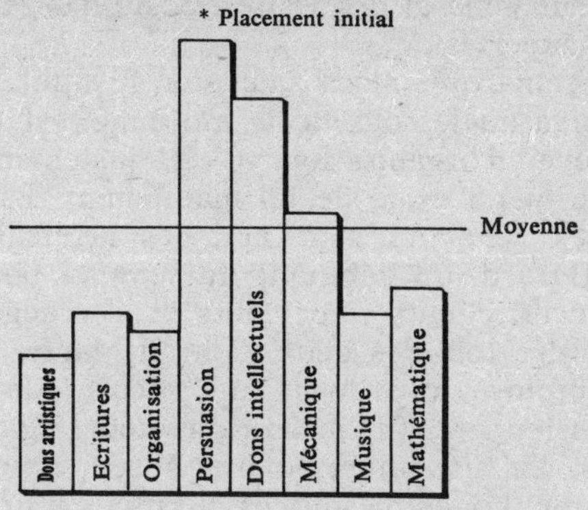

Le but de ces épreuves est de placer l'employé, dès que possible, à un poste où il pourra utiliser la plus haute compétence de son profil. Par conséquent, toute promotion le placera dans un domaine de moindre compétence.

Voyons comment tout cela marche dans la pratique.

Dossier de placement technique, cas nº 17 :

Le profil ci-dessus représente le résultat des tests de C. Breeze, jeune diplômé d'une école de commerce, qui se présenta à la compagnie de climatisation Gale. Vous remarquerez que Breeze dépasse de loin la moyenne par ses qualités de persuasion, ainsi que par son intelligence générale.

Breeze fut embauché comme vendeur et obtint avec le temps deux promotions ; il fut d'abord nommé directeur des ventes, poste où il passait encore le plus clair de son temps à vendre, puis directeur général des ventes, poste d'organisation et de supervision.

On remarque alors que son résultat le plus bas, bien au-dessous de la moyenne, est celui de l'épreuve d'organisation. C'est justement cette faculté qu'on exige de lui maintenant. Par exemple, ses vendeurs sont nommés arbitrairement. Hap Hazard, un débutant, fut envoyé pour solliciter deux clients importants et s'arrangea pour les perdre tous les deux. Conrad Manly, un nouvel employé qui avait un record de ventes impressionnant, fut promu directeur régional des ventes. Là, il s'intéresse peu à ses subordonnés et ses méthodes mesquines et rusées font baisser le moral de ses vendeurs.

C. Breeze est incapable de tenir des livres. L'ampleur et la topographie des territoires de vente n'ont aucun rapport avec le transport, le chiffre d'affaires ou l'expérience et l'habileté du vendeur. Ses rapports sont incompréhensibles et son bureau a l'air d'une décharge publique.

Comme le constate le principe de Peter, sa carrière l'a fait passer de la compétence à l'incompétence.

En conclusion on peut donc considérer que la principale différence entre l'employé qui a passé un test et celui qui n'en a pas passé, c'est que le premier a atteint son niveau d'incompétence plus rapidement que le second.

Nous venons de voir que l'intervention des experts au moment du placement initial ne peut empêcher mais au contraire accélère l'accession aux niveaux d'incompétence. Je vais maintenant examiner le cas des experts d'efficience qui, naturellement, n'apparaissent que lorsque la hiérarchie a atteint un quotient de maturité important (voir chap. VII).

Nous ne devons pas oublier que ces experts sont eux aussi soumis au principe de Peter. Ils ont atteint leur situation par le même procédé de promotion qui a handicapé l'organisme qu'ils étudient. Beaucoup de ces experts sont à présent à leur niveau d'incompétence. Même s'ils constatent des déficiences, ils seront incapables d'y remédier.

Dossier d'efficience, cas nº 8 :

La compagnie de transport frigorifique Bulkeley embaucha Speedwell et Trimmer, conseillers de management, pour examiner leur entreprise. Speedwell et Trimmer découvrirent que la société Bulkeley n'était pas moins rentable que la plupart des firmes concurrentes. Ils se renseignèrent discrètement et découvrirent pourquoi le sondage avait été demandé : plusieurs directeurs pensaient qu'ils ne pouvaient influencer suffisamment la politique de la firme.

Que peuvent faire Speedwell et Trimmer ? Dire : « Messieurs, votre firme se porte à merveille. Vous êtes aussi efficients que vos concurrents ? » Il est évident qu'ils ne le diront pas de crainte qu'on se passe de leurs services. Ils auront peur de passer pour de mauvais experts, et le sondage de la société Bulkeley serait confié à des rivaux.

Ils se sentent alors contraints de dire : « Messieurs, vous manquez de personnel, et beaucoup de vos employés ne sont pas à leur place. Nous conseillons la création de nouveaux postes, et la promotion d'un certain nombre de vos employés. »

Dans le bouleversement général, les directeurs dissidents purent nommer ou muter des protégés, à leur gré, renforçant ainsi leur influence à divers niveaux et dans divers services de la hiérarchie. Le conseil d'administration fut satisfait, et Speedwell et Trimmer grassement payés.

On constate finalement :

Qu'un sondage efficace affaiblit et interrompt même le processus du facteur ancienneté dans une hiérarchie. La promotion est donc accélérée et l'accession au dernier poste facilitée pour les employés pistonnés.

Que les experts adorent recommander la nomination d'un coordinateur entre deux cadres incompétents ou entre deux services improductifs [1]. Ils commettent la regrettable erreur de croire que « l'incompétence coordonnée équivaut à la compétence ».

Qu'enfin la seule recommandation qui donne réellement de bons résultats est la suivante : « Embauchez de nouveaux employés. » Dans certains cas, les nouvelles recrues effectueront un travail négligé par les anciens qui ont atteint leur niveau d'incompétence.

Le bon conseiller en management comprend cela et recommande diverses arabesques latérales et sublimations percutantes chez les cadres supérieurs incompétents ainsi que la défoliation hiérarchique des sous-fifres super-incompétents.

1. Une étude des experts révèle que les nominations de coordinateurs, les arabesques latérales et les sublimations percutantes sont toujours agréables à la direction.

Il donne aussi des conseils utiles concernant la direction du personnel, les méthodes de production, l'emploi de la couleur, les projets stimulants et ainsi de suite, qui peuvent augmenter le rendement des employés compétents.

En examinant les études en profondeur de quelques cas de compétence aux sommets des hiérarchies, j'ai découvert un phénomène psychologique remarquable que je vais décrire ici.

La *compétence au sommet* est rare mais pas impossible. Au premier chapitre j'écrivais : « Avec assez de temps, et en supposant suffisamment de rangs dans la hiérarchie, chaque employé s'élève, et demeure, à son niveau d'incompétence. »

Des maréchaux victorieux, d'excellents inspecteurs des écoles, des directeurs de société compétents et beaucoup d'autres, n'ont jamais eu le temps d'arriver à leur niveau d'incompétence.

D'autre part, l'existence d'un chef syndicaliste ou d'un doyen d'université compétents démontre que, dans cette hiérarchie particulière, il n'y a pas assez de rangs pour qu'il atteigne son niveau.

Ces personnes font preuve de compétence au sommet.

J'ai observé qu'en général ces compétents au sommet ne tiennent pas à demeurer à leur niveau de compétence. Ils ne peuvent pas atteindre un niveau d'incompétence, puisqu'ils sont déjà au sommet, mais ils ont une forte tendance à passer dans une autre hiérarchie, disons de l'armée à l'industrie, de la politique à l'instruction, du théâtre à la politique, et ainsi de suite, pour atteindre, dans leur nouveau milieu, ce niveau d'incompétence qu'ils n'ont pu trouver dans le premier. Cela s'appelle l'*incompétence voulue.*

Dossier de l'*incompétence voulue, cas sélectionnés :*

Macbeth, grand chef militaire compétent, devint un roi incompétent.

A. Hitler, politicien consommé, trouva son niveau d'incompétence en tant que généralissime.

Socrate était un professeur et un maître incomparable, mais il trouva son niveau d'incompétence comme avocat.

Pourquoi un tel comportement ?

« Ce travail est ennuyeux. » « Je n'ai plus à lutter. »

Voilà le genre de raisons que donnent les compétents au sommet quand ils envisagent de prendre la décision qui les conduira éventuellement à l'incompétence voulue.

Est-ce une nécessité pour eux ? Il y a en fait une occasion de lutte plus fascinante quand on reste au-dessous de son niveau d'incompétence. Je m'expliquerai dans un prochain chapitre.

X

LA SPIRALE DE PETER

J'AI fait observer au chapitre précédent que la hiérarchologie n'est pas moralisatrice en ce qui concerne l'incompétence. Je dois même dire que, dans la plupart des cas, il semble y avoir un très vif désir d'être productif. L'employé serait compétent s'il le pouvait.

La plupart des incompétents comprennent, même confusément, que la faillite de la société les jetterait à la rue, sans travail, et qu'ils doivent faire marcher la hiérarchie.

En voici une illustration.

Dossier interhiérarchique, cas n° 4 :

Mieux vaut santé que richesse.

Depuis vingt ans qu'il travaillait à la société anonyme Plomparfait, Mald Mahr avait gravi les échelons, passant de manutentionnaire chargé des lingots au poste de président-directeur général. Peu après son accession au poste clef, sa santé se détériora, il souffrit de problèmes cardiaques, de tension et d'ulcères. Le médecin de la compagnie lui conseilla de se reposer, d'apprendre à se détendre. Le conseil d'administration recommanda la nomination d'un directeur général adjoint pour soulager Mald. Tout en étant bien intentionnés, ces conseils ne pouvaient faire disparaître la cause du problème. Hiérarchologiquement, Mald Mahr avait été promu au-delà de sa compétence physique. En tant que P.d.g. de Plomparfait, il avait à concilier des codes et des valeurs en conflit. Il devait plaire aux clients en produisant une marchandise de haute qualité, plaire aux actionnaires et au conseil d'administration en gagnant de l'argent, aux employés en payant de bons salaires et en leur apportant des conditions de travail confortables, à son milieu en remplissant certains devoirs mondains ou familiaux. Sa santé n'y résista pas.

La recommandation du conseil d'administration fut mise à exécution et J. Smugly, ingénieur compétent, génie des mathématiques, fut promu directeur adjoint. Smugly, fort compétent pour les machines ou les abstractions, était nul dans les rapports humains. Il n'avait aucune formule s'appliquant aux hommes qui lui permettrait de prendre des décisions concernant le personnel. Comme il refusait d'agir si son dossier était incomplet, il remettait à plus tard ses décisions, jusqu'à ce qu'elles s'imposent, et alors il décidait en hâte, et à tort. Smugly avait atteint son niveau d'incompétence par la voie de l'incapacité sociale. Le conseil décida qu'il devait être assisté et nomma un chef du personnel.

Roly Koster fut promu au poste de chef du personnel. Etudiant en psychologie compétent, il devint bientôt si sensible aux maux des autres qu'il était perpétuellement sur les nerfs. Quand il écoutait Smugly se plaindre d'un rapport fallacieux de Miss Count, ses sympathies allaient au directeur adjoint et il se prenait de colère contre Miss Count et sa négligence. Quand il entendait Miss Count lui raconter les méfaits et la froideur inhumaine de Smugly, il sentait monter à ses yeux des larmes de chagrin et d'indignation. Roly avait atteint son niveau d'incompétence par la voie de l'incapacité émotionnelle. Pour résoudre certains de ses problèmes personnels, il fut décidé de créer un nouveau poste de surveillant du personnel et d'y placer un contremaître de l'usine qui avait la confiance des ouvriers.

B. Wilder est aimé de ses hommes et s'est distingué comme président de la commission sociale. Maintenant, en qualité de surveillant du personnel il doit veiller à l'application des décisions de la haute direction. Mais comme il ne les comprend pas, il est inefficient dans ce nouveau rôle. Il lui manque la faculté intellectuelle nécessaire pour comprendre les abstractions et par conséquent il prend des décisions illogiques. Il a atteint son niveau d'incompétence par la voie de l'insuffisance mentale.

J'ai voulu rapporter cette étude faite à la société Plomparfait parce qu'elle illustre les quatre classes de base de l'incompétence :

Mald Mahr fut promu au-delà de sa compétence physique, J. Smugly au-delà de sa compétence sociale, Roly Koster au-delà de sa compétence émotionnelle et B. Wilder au-delà de sa compétence mentale.

Cet exemple typique démontre que le désir le plus sincère de soulager l'incompétence au sommet ne peut aboutir qu'à une multiplication de l'incompétence à tous les niveaux. Dans ces cas-là, l'augmentation du nombre des employés devient inévitable. Et à chaque tour de la spirale de Peter, le nombre des incompétents s'accroît sans que l'efficience s'améliore.

Mathématique de l'incompétence :

Incompétence + incompétence = incompétence.

XI

PATHOLOGIE DE LA RÉUSSITE

On doit maintenant avoir bien compris que lorsqu'un employé atteint son niveau d'incompétence il ne peut plus effectuer un travail utile.

Cela ne veut absolument pas dire que l'ultime promotion transforme soudain le travailleur en oisif. Pas du tout ! Dans la plupart des cas il veut travailler ; il fait preuve d'une activité fébrile, il s'imagine parfois qu'il travaille, mais en réalité il n'accomplit rien.

Tôt ou tard (généralement plus tôt), ces employés finissent par avoir conscience de leur incompétence, et en sont navrés.

Effectuant un audacieux pas en avant, nous devons nous aventurer maintenant dans le domaine de la médecine ! Je vais donner une description de la condition physique à laquelle il a été fait allusion plus tôt sous le nom de *syndrome du dernier poste.*

Un certain nombre de praticiens de médecine générale ont eu à répondre aux questions suivantes :

1° Quelles conditions physiques observez-vous le plus souvent chez les gens qui ont réussi [1] ?

2° Quels conseils ou traitements donnez-vous aux patients appartenant au groupe de ceux qui ont réussi ?

En collationnant les réponses des médecins, j'ai découvert que les affections suivantes, de A à Z, sont fréquentes chez leurs patients « arrivés ».

Rapport alarmant comme on le constate !

a) ulcères
b) colite
c) colite muco-membraneuse
d) tension
e) constipation
f) diarrhée
g) besoin fréquent d'uriner
h) alcoolisme
i) boulimie et obésité
j) anorexie
k) allergies
l) hypotension
m) spasmes musculaires
n) insomnie
o) fatigue chronique
p) arrêts du cœur
q) autres affections cardio-vasculaires
r) migraine
s) nausées et vomissements

1. Ce que le praticien ou le sociologue considèrent comme la « réussite » est naturellement appelé par les hiérarchologues *dernier poste.*

t) douleurs abdominales
u) vertiges
v) dysménorrhée
w) bourdonnement d'oreilles
x) transpiration excessive des mains, des pieds, des aisselles, etc.
y) dermatite nerveuse
z) impuissance

Tous ces troubles sont caractéristiques de la personne « arrivée », et beaucoup se présentent sans qu'il existe d'état pathologique organique. J'ai constaté — et vous allez le voir comme moi — que ces symptômes indiquent l'incompétence physique des patients au niveau de responsabilité qu'ils ont atteint.

T. Throbmore, par exemple, vice-président chargé des ventes à la compagnie Clacklow, matériel de bureau, est fréquemment incapable d'assister à la conférence hebdomadaire à cause d'une migraine douloureuse, qui se déclare régulièrement le lundi, à treize heures trente.

Parce qu'il a le cœur fragile, C.R. Diack, président de la Grindley Machine, est tenu dans l'ignorance, par son personnel, des nouvelles qui risqueraient de l'irriter ou de l'exciter. Il n'a pas le moindre contrôle des affaires de la compagnie. Sa principale fonction est de lire des rapports optimistes et délirants lors des réunions annuelles.

Les affections que j'ai citées, généralement associées par deux ou plus, constituent le *syndrome du dernier poste*[1] (S.D.P.).

Malheureusement, les médecins n'ont pas en-

1. Voir chapitre v pour distinguer infailliblement le syndrome du dernier poste du syndrome de la pseudo-réussite.

core su reconnaître l'existence de ce syndrome ! Ils ont, au contraire, fait preuve d'hostilité envers mon application de la hiérarchologie à la pseudo-science du diagnostic. Cependant, la vérité doit éclater au grand jour ! Le temps et une société de plus en plus bouleversée finiront bien par permettre de faire la lumière.

Les malades souffrant du syndrome du dernier poste aiment à croire que leur incompétence dans le travail est provoquée par leurs affections physiques. « Si seulement je pouvais me débarrasser de ces migraines, je pourrais concentrer mon esprit sur mon travail. » Ou bien : « Si seulement je digérais mieux... » Ou encore : « Si seulement je cessais de boire... » Ou : « Si seulement je pouvais dormir... »

Certains médecins, mes recherches me l'ont révélé, croient leur patient sur parole et s'attaquent au symptôme physique sans en chercher la cause.

Ils soignent par des médicaments ou bien ont recours à la chirurgie, et peuvent apporter ainsi un certain soulagement, mais qui sera de courte durée. Le patient ne peut devenir compétent à force de médicaments, et il n'existe aucune tumeur d'incompétence qu'un bistouri puisse extirper. Les bons conseils ne valent pas mieux.

« Reposez-vous. » « Ne travaillez pas tant. » « Apprenez à vous détendre. », dit-on fréquemment. De tels conseils sont sans effet. Beaucoup de malades souffrant du S.D.P. sont anxieux parce qu'ils savent fort bien qu'ils ne font pas un travail utile. Ils ne peuvent guère suivre les conseils leur enjoignant d'en faire encore moins.

Il y a aussi le cas de l'ami philosophe :

« N'essaie donc pas de résoudre tous les problèmes du monde. » « Tout le monde a ses soucis. Tu n'en as pas plus que les autres. » « A ton âge, ce serait bien surprenant si tu n'avais pas de problèmes. »

Peu de nos patients sont vulnérables à ce gros tir de barrage de sagesse des nations. La plupart d'entre eux sont égocentriques et ne s'intéressent ni à la philosophie ni aux problèmes des autres. Ils n'ont qu'une idée, résoudre celui de leur emploi.

On a aussi recours à des menaces :

« Si tu continues comme ça, tu vas finir à l'hôpital. » « Si tu ne te reposes pas un peu, tu vas avoir une crise sérieuse », etc.

C'est futile. Le patient ne peut s'empêcher de « continuer comme ça ». La seule chose qui pourrait modifier son comportement serait une promotion, mais il ne l'obtiendra pas car il a atteint son niveau.

Et puis il y a l'exhortation à la vie d'ascète, au renoncement :

« Suivez un régime. » « Vous devriez boire moins. » « Cessez de fumer. » « Ne sortez plus le soir. » « Fréquentez moins les femmes. »

C'est tout aussi inefficace. Notre malade est déjà déprimé parce qu'il ne travaille plus avec plaisir. Pourquoi devrait-il renoncer aux autres joies qui lui restent ?

De plus, beaucoup d'hommes estiment qu'une vie sensuelle a quelque chose de compétent, idée que l'on retrouve dans des opinions comme : « Il a un appétit merveilleux », « C'est un vrai don Juan », « Il peut boire mais il tient le coup ».

De telles louanges sont doublement agréables pour l'homme qui n'a rien d'autre que l'on puisse admirer et il ne voudra naturellement pas y renoncer.

D'autres médecins, ne trouvant rien d'organiquement défectueux chez notre malade, tenteront de le persuader que ses symptômes sont imaginaires !

« Mais non, voyons, vous vous portez à merveille ! Prenez simplement ces tranquillisants. » « Ne pensez pas continuellement à vous-même. Ces symptômes n'existent pas. Ce sont vos nerfs. »

Inutile de dire que de tels conseils ne provoquent pas le moindre soulagement. Le malade sait qu'il souffre, que le médecin veuille le croire ou non. Il court donc en consulter un autre, cherchant quelqu'un qui comprendra mieux son cas. Il peut finir par perdre entièrement confiance en la médecine normale et se mettre à consulter des guérisseurs.

Quand les médicaments et la chirurgie ont finalement échoué, on recourt parfois à la psychothérapie. Elle ne donne guère de meilleurs résultats parce qu'elle n'a aucun effet sur la racine du mal dont souffre le S.D.P., c'est-à-dire son incompétence.

Le seul traitement qui puisse donner des résultats serait, d'après mes recherches, la thérapeutique de distraction :

« Apprenez à jouer au bridge », « Commencez une collection de timbres », « Essayez le jardinage », « Devenez cuisinier de barbecue », « Mettez-vous à peindre ».

Ce médecin sensé comprend que son malade est mal à l'aise à son travail, alors il essaie de distraire son attention de ses problèmes en lui conseillant une activité à son niveau.

Ainsi, W. Lushmoor, directeur d'un grand magasin, passait tous les après-midi à son club plutôt que de retourner à son bureau. Il présentait un S.D.P. avancé : il était au bord de l'alcoolisme, avait survécu à deux infarctus sans gravité, était presque obèse et chroniquement dyspeptique.

Sur le conseil de son médecin, il se mit à jouer au golf. Il devint obsédé par ce sport, y consacra tous ses après-midi, et presque toute son énergie, et faisait des progrès rapides quand il mourut d'une embolie en conduisant son cart de golf.

Ce que je voudrais démontrer, c'est que si les symptômes de Lushmoor ne furent pas soulagés, il était passé du syndrome du dernier poste relativement à son travail — puisqu'il ne s'en faisait plus une montagne — au simple syndrome de pseudo-réussite en rapport avec le golf ! Le traitement avait donc été efficace.

Les médecins qui donnent ce genre de conseils semblent donc comprendre, ne fût-ce que confusément, le rôle pathogène de l'incompétence ; ils essayent de donner à leur malade un sentiment de compétence dans un autre domaine, en dehors du travail.

Un mot final sur le syndrome du dernier poste : il est devenu d'une importance sociologique de plus en plus grande, parce que ses symptômes et affections ont acquis une valeur de signe extérieur de réussite. Un patient qui en souffre se vantera de ses maladies ; il fera preuve d'une sorte de compétence en ayant un ulcère plus gros que le voisin, ou une crise cardiaque plus grave. En fait, le S.D.P. est devenu si enviable que des employés qui ne souffrent d'aucun de ces symtômes les simuleront, pour faire croire qu'ils ont enfin atteint le dernier poste.

XII

INDICES NON MÉDICAUX DU DERNIER POSTE

Il est souvent utile de savoir qui, dans une hiérarchie, a ou n'a pas encore atteint le dernier poste. Malheureusement, on ne peut pas toujours se procurer le dossier médical d'un employé pour savoir s'il présente le syndrome du dernier poste ou non. Voici donc quelques symptômes qui vous guideront.

Tabulologie anormale

C'est une branche importante et significative de la hiérarchologie.

L'employé compétent n'a généralement sur sa table de travail que les livres, les papiers et les instruments nécessaires à son travail. Arrivé au dernier poste, il a tendance à adopter des arrangements inhabituels et hautement significatifs de son matériel de bureau.

Phonophilie

L'employé justifie à ses yeux son incompétence en se plaignant de ne pouvoir être en contact assez étroit avec ses collègues et subordonnés. Pour remédier à cet état de choses, il installe plusieurs téléphones sur son bureau, un ou plusieurs interphones, avec des manettes, des boutons, des clignotants et des haut-parleurs, sans parler de quelques magnétophones. Le phonophile prend rapidement l'habitude d'employer deux ou davantage de ces appareils en même temps ; c'est un signe infaillible de phonophilie galopante. La maladie fait rapidement des progrès et elle est généralement incurable.

(La phonophilie se constate de plus en plus chez les femmes ayant atteint leur niveau d'incompétence dans la maison. Un véritable standard téléphonique avec haut-parleurs est installé dans la cuisine pour permettre à la ménagère de rester en contact étroit, constant et simultané avec ses voisines, sa salle à manger, sa lingerie, son salon, son perron et sa mère.)

Papyrophobie

Le papyrophobe ne peut tolérer sur son bureau

ni livres ni papiers et, dans les cas graves, nulle part dans la pièce. Il est probable que la vue d'une feuille de papier lui rappelle tout le travail qu'il est incapable d'effectuer, et il n'est pas surprenant qu'elle lui soit horrible !

Mais il fait de sa phobie une vertu, et en « ayant un bureau net » comme il dit, il espère faire croire qu'il expédie ses affaires avec une promptitude incroyable.

Papyromanie

Le papyromane, au contraire, encombre son bureau d'une masse de livres, de dossiers et de papiers inutiles. Consciemment ou non, il essaie ainsi de masquer son incompétence en donnant l'impression qu'il a trop de travail, plus qu'aucun être humain ne saurait accomplir.

Classophilie

Ici, nous assistons à une manie de classification, s'accompagnant généralement d'une terreur morbide de perdre le moindre document. En s'affairant à arranger et reclasser des dossiers caducs, le classophile empêche les autres, et lui-même, de s'apercevoir qu'il n'accomplit rien d'important. Préoccupé par les dossiers à classer, il vit dans le passé et repousse le présent.

Gigantisme tabulatoire

Obsession qui consiste à avoir un plus grand bureau ou table de travail que ses collègues.

Tabulophobie

Exclusion totale des tables dans un bureau. Ce symptôme s'observe uniquement dans les plus hauts rangs de la hiérarchie.

Au cours de mes recherches, j'ai passé beaucoup de temps dans des salons d'attente à interroger des clients et des employés lorsqu'ils quittaient le bureau directorial. J'ai découvert ainsi plusieurs manifestations psychologiques intéressantes du dernier poste.

Apitoiement sur soi-même

Beaucoup de conférences se passaient à écouter un cadre supérieur se plaindre de sa situation présente.

« Personne ne sait m'apprécier », « Personne ne veut collaborer avec moi », « Personne ne comprend comment les pressions incessantes d'en haut et l'incurable incompétence d'en bas me mettent dans l'impossibilité de faire un bon travail et d'expédier les affaires ».

Cet apitoiement s'accompagne généralement d'une forte tendance à rappeler le « bon vieux temps » où le plaignant occupait un poste inférieur, au niveau de sa compétence.

Ce complexe d'émotions — apitoiement sentimental, dénigrement du présent et louanges déraisonnées du passé — s'appelle le *complexe d'Auld Lang Syne*[1]. Le complexe d'*Auld Lang*

1. Vieille chanson écossaise connue en France sous le nom de *Ce n'est qu'un au revoir, mes frères.* N.d.T.

Syne présente une caractéristique intéressante en cela que bien que le patient prétende être un martyr dans sa situation actuelle, il ne laisse entendre en aucun cas qu'un autre employé pourrait le remplacer avantageusement !

Rigor Cartis

J'ai souvent observé chez les employés arrivés à leur niveau d'incompétence, le symptôme de la *rigor cartis,* un intérêt anormal pour les organigrammes, les cartes, les diagrammes, et un entêtement à diriger les moindres affaires en suivant strictement les lignes et les flèches du tableau, sans s'occuper des retards ou des pertes qui peuvent en résulter. Le malade souffrant de *rigor cartis* affiche volontiers ses tableaux aux murs de son bureau et on le voit parfois, oubliant son travail, en contemplation émue devant ses icônes.

Syndrome de la balançoire

Certains employés, ayant atteint le dernier poste, essaient de masquer leur insécurité en appliquant à leurs subordonnés le système de la balançoire.

Un cadre supérieur, par exemple, reçoit un rapport écrit ; il l'écarte et déclare : « Je n'ai pas le temps de lire ce fatras. Dites-moi de quoi il s'agit, brièvement. »

Si le subordonné avance verbalement une suggestion, cet homme l'interrompt en criant : « Comment voulez-vous que j'y accorde une seule pensée si vous ne me mettez pas ça par écrit ? »

Un employé confiant sera dérouté par une rebuffade, le timide le sera par une familiarité intempestive. Le syndrome de la balançoire est une technique de défense employée par un patron qui a atteint son niveau.

Ses subordonnés disent de lui : « On ne sait jamais par quel bout le prendre. »

Syndrome du flottement

Nous constatons là une complète incapacité à prendre une décision appropriée au rang du malade qui en souffre. Il peut flotter interminablement et peser le pour et le contre d'une question, mais ne peut se décider. Il se justifiera en faisant gravement allusion au « processus démocratique » ou à la nécessité d'avoir « une vue d'ensemble ». Il résout généralement ses problèmes en les conservant dans un limbe jusqu'à ce que quelqu'un d'autre prenne une décision ou qu'il soit trop tard pour y apporter une solution.

J'ai remarqué que le flotteur est également victime de papyrophobie, alors il doit trouver un moyen de se débarrasser des papiers. Il emploie communément la *passe en bas,* la *passe en haut* ou la *passe au-dehors.*

Dans la « passe en bas », les papiers sont envoyés à un subordonné avec un ordre : « Ne me dérangez pas pour ces vétilles. » Le subordonné est donc contraint de prendre une décision qui dépasse son niveau de responsabilité.

La « passe en haut » exige de l'ingéniosité. Il faut examiner le cas jusqu'à ce que l'on trouve un infime point litigieux permettant d'envoyer le papier à l'échelon supérieur.

La « passe au-dehors » consiste tout simplement à rassembler un comité des pairs de la victime et à suivre la décision de la majorité. Il y a une variante, la *diversion au public :* envoyer les papiers à quelqu'un qui effectuera un sondage pour savoir ce que l'homme de la rue pense de la question.

Une victime de ce syndrome, un fonctionnaire, résolut son problème d'une façon originale. Quand il se trouvait devant un cas où il était incapable de prendre une décision, il emportait le dossier la nuit et le jetait.

Le regretté Shakespeare nous donne une intéressante manifestation du dernier poste : un préjudice irrationnel contre les subordonnés ou les collègues parce qu'un détail de leur aspect physique n'est pas en rapport avec leur travail, et il fait dire à Jules César :

Je veux m'entourer d'hommes gras...
Cassius là-bas a un air maigre et affamé ;
Il pense trop ; ces hommes sont dangereux...

On rapporte que N. Bonaparte, vers la fin de sa carrière, se mit à juger les gens par la taille de leur nez, et donnait la préférence à ceux qui avaient un grand nez.

Certaines victimes de cette obsession s'intéresseront stupidement à la forme d'un menton, à un accent provincial, à la coupe d'un costume ou à la largeur d'une cravate. L'incompétence ou la compétence passe au second plan si elle n'est pas oubliée. J'appelle ce préjudice le *transfert de César.*

Inertie rigolatoire

Un signe certain de dernier poste, c'est l'habitude de raconter des plaisanteries au lieu de faire son travail !

Structurophilie

Comme son nom l'indique, la structurophilie est une manie de construire, un souci obsessionnel des bâtiments, de leur architecture, de leur construction, de leur entretien et de leurs réparations, et un souci croissant du travail qui s'y fait ou qui doit s'y faire. J'ai constaté des cas de structurophilie à tous les niveaux hiérarchiques, mais là où elle est le plus virulente c'est sans aucun doute chez les hommes politiques et les doyens d'universités. Dans ses manifestations pathologiques aiguës (*Monumentalis gargantuescus*) elle atteint un stade dans lequel la victime se sent contrainte de construire d'immenses tombeaux ou d'ériger des statues monumentales. Les anciens Egyptiens et les Californiens d'aujourd'hui semblent avoir énormément souffert de cette maladie.

Les gens mal informés appellent la structurophilie le *complexe de l'édifice.* Par souci de précision, nous devons faire une différence entre cette simple préoccupation de la construction et le complexe de l'édifice qui comporte un nombre important d'attitudes entrelacées et compliquées. Le complexe de l'édifice affecte plutôt les philanthropes qui désirent améliorer le système scolaire, la santé publique ou l'instruction religieuse. Ils consultent des experts en ces domaines et en découvrent tellement à des niveaux divers d'incompétence que la formulation d'un programme positif est impossible. Le seul point sur lequel ils sont d'accord, c'est la nécessité absolue d'un nouveau bâtiment. Bien souvent l'éducateur, le médecin, le pasteur à qui on demande conseil souffre de structurophilie et son premier conseil au donateur est : « Donnez-moi un nouveau bâtiment. » Les commissions d'églises, les administrateurs d'écoles ou de fondations charitables se retrouvent dans la même situation complexe. Ils sont si accablés par l'incompétence qu'ils constatent qu'ils préfèrent investir leurs fonds dans des nouveaux bâtiments plutôt que de les consacrer à des personnes ou à des programmes. Comme il en est pour tous les autres complexes psychologiques, le résultat n'est autre qu'une conduite bizarre.

Programmes religieux, dossier n° 64 :

Le comité de la Première Eglise Euphorique d'Excelsior City s'inquiéta du nombre décroissant de fidèles. Diverses propositions furent examinées. Certains recommandaient de changer de pasteur, parce qu'ils en avaient assez des sermons traditionnels du révérend Theo Logue qui ne s'occupait pas de la situation contemporaine. On invita des sommités du clergé, pour faire les sermons. Ils évoquèrent la révolution sexuelle, le conflit des générations, la futilité de la guerre et la nouvelle morale. Certains des fidèles conservateurs menacèrent de ne jamais revenir si ces sermons « dingues » continuaient. Le comité finit par tomber d'accord sur un programme de construction et il sembla qu'une nouvelle église plus imposante serait la solution la plus acceptable. Le nouvel édifice achevé, le comité s'aperçut que la petite congrégation paraissait encore plus minime dans la grande église neuve. On envisagea de trouver un pasteur plus dynamique, mais la proposition fut repoussée parce qu'il était vraiment impossible de trouver quelqu'un de plus valable que le vieux pasteur à son même salaire de misère. De plus, conclut-on, ces frais empêcheraient l'achat du nouvel orgue géant et la construction du nouveau centre social.

En général, le structurophile éprouve un besoin pathologique de voir un monument ou un bâtiment qui porte son nom, alors que celui qui souffre du complexe de l'édifice essaie d'améliorer la qualité des entreprises humaines mais ne sait que produire un nouveau bâtiment.

Tics et manies bizarres

Les excentricités et les tics apparaissent souvent tout de suite après l'accession au dernier poste. Pour citer quelques exemples, je mentionnerai la déplorable habitude de se ronger les ongles, celles de pianoter sur son bureau du bout des doigts ou avec un crayon, de faire craquer ses phalanges, de jouer avec un stylo ou des trombones, de s'étirer sans raison apparente et d'étirer des élastiques, ou de soupirer profondément et hors de propos. L'affection n'est parfois pas remarquée parce que le malade prend l'habitude de regarder dans le vague. Les personnes non prévenues pensent alors qu'il est absorbé par les lourdes responsabilités de sa position. Les hiérarchologues sont moins naïfs.

Façons de parler révélatrices

La *siglomanie initiale et digitale* est une obsession qui pousse le malade à parler par lettres et chiffres plutôt que par des mots. Par exemple : « F.O.B. est à N.Y. pour le C.I. d'U.B. comme C.O. au sujet du 802. »

Le temps que l'interlocuteur (s'il le trouve) comprenne qu'on lui explique que Frederic Orville Blamesworthy est à New York pour le Centre Instructionnel de l'Université de Boondock au sujet du projet dc loi 802, il a perdu l'occasion de constater que l'autre ne sait pas grand-chose. Les siglomanes s'arrangent pour rendre les propos les plus triviaux impressionnants, ce qui est exactement leur but.

Certains employés, arrivés au dernier poste, cessent de penser, ou tout au moins ralentissent sérieusement leurs efforts de réflexion. Afin de le cacher, ils imaginent des propos de conversation générale ou, dans le cas des personnalités, des allocutions d'ordre général. Elles sont faites de réflexions qui impressionnent mais sont assez vagues pour s'appliquer à n'importe quelle situation si l'on change un mot ou deux par-ci par-là pour toucher l'auditoire du jour.

Mon programme de recherches des corbeilles

à papiers [1] m'a permis de retrouver les notes suivantes, fragments manifestes du brouillon d'un discours passe-partout. L'auteur a déjà assez de problèmes sans que j'aille citer son nom. Mon propos est l'éducation, non l'humiliation.

« Messieurs (ou Mesdames et Messieurs),

« En ces temps troublés, je suis heureux et flatté de pouvoir vous parler de l'important sujet des... Des progrès fantastiques ont été faits dans ce domaine. Nous sommes fiers, à juste titre, de nos réussites locales, mais nous tenons à nous incliner devant ces personnes et ces groupes qui ont rendu des services immenses sur le plan régional, national et même, oserai-je le dire ? international !

« Nous ne devons certes pas sous-estimer les merveilles qui ont été accomplies grâce au dévouement des uns et des autres, à leur résolution et leur persévérance, mais il serait présomptueux de notre part de penser que nous pouvons résoudre des problèmes auxquels se sont heurtés les plus grands cerveaux des générations présentes et passées. Je veux pour conclure déclarer quelle est ma position, sans la moindre équivoque. Je soutiens le progrès, j'aime le progrès, je lutte pour le progrès ! Mais ce que je cherche, c'est le véritable progrès et non de faux-semblants, des changements apportés pour être dans le vent. Ce véritable progrès, mes amis, ne pourra s'accomplir que si nous gardons notre esprit braqué, sans

1. Cette méthode de recherches devient difficile. Certaines firmes ont installé des corbeilles fermées et verrouillées dans les bureaux pour empêcher la concurrence de leur voler des idées. Un service de nettoyage ramasse les corbeilles tous les soirs et leur contenu est aussitôt brûlé.

faillir, sur notre immense héritage historique, et sur les magnifiques traditions en lesquelles, à tout jamais, nous pourrons trouver notre force... »

Cherchez autour de vous les symptômes que je viens de décrire. Ils vous aideront à analyser vos collègues. Mais votre tâche la plus ardue sera l'auto-analyse. Hiérarchologue, connais-toi toi-même !

XIII

SANTÉ ET BONHEUR AU Q.P. ZÉRO : UTOPIE OU POSSIBILITÉ ?

QUAND un employé atteint son niveau d'incompétence (le *plateau de Peter*), on dit de lui qu'il a un *quotient de promotion* (Q.P.) de zéro [1]. Je vais dans ce chapitre montrer comment divers employés réagissent à cette situation.

L'employé comprend qu'il occupe son dernier poste, qu'il a atteint son niveau d'incompétence,

1. Le quotient de promotion est l'expression numérique des espoirs de promotion de l'employé. Quand le Q.P. tombe à zéro, il n'a pas le moindre espoir de promotion. Le Q.P. est expliqué en détail dans *Le profil de Peter,* monographie inédite sur les aspects mathématiques de l'incompétence.

qu'il a eu les yeux plus grands que le ventre, qu'il est dépassé ou « arrivé » (ces termes étant synonymes).

Face à cette vérité sordide, l'employé a tendance à confondre l'incompétence et la paresse ; il pense qu'il ne travaille pas assez et se sent coupable. Il s'imagine qu'en se donnant plus de mal il vaincra les difficultés initiales de sa nouvelle situation et deviendra compétent. Alors il s'affaire, il oublie la pause-café, il travaille au lieu de déjeuner, il emporte des dossiers à la maison et continue de travailler le soir et pendant le week-end.

Il devient rapidement victime du syndrome du dernier poste. Cette méthode n'est pas recommandée.

Beaucoup d'employés ne s'aperçoivent jamais qu'ils ont atteint leur niveau d'incompétence. Ils travaillent allégrement, ils espèrent toujours être promus et demeurent ainsi heureux et en bonne santé.

Vous allez naturellement demander comment ils font.

Au lieu d'exécuter les devoirs de sa charge, l'employé peut par exemple leur substituer d'autres travaux, qu'il exécute à la perfection. Cette méthode, véritable bouée de sauvetage, est dite de *substitution.* Voici quelques techniques de substitution :

Technique n° 1 : *la perpétuelle préparation.*

L'employé compétent qui affronte une tâche

importante se met simplement au travail. Le substitueur préfère se consacrer à des activités annexes, des préliminaires, des préparatifs. Voici quelques méthodes qui ont fait leurs preuves :

On peut tout d'abord chercher à confirmer le besoin d'action. Le véritable substitueur n'a jamais assez de documentation. Ses devises sont « Rien ne sert de courir » et « Le temps ne respecte pas ce que l'on fait sans lui ».

Consacrez suffisamment de temps à confirmer la nécessité de la tâche, et cette nécessité disparaîtra.

Par exemple, si l'on veut organiser des secours en cas de famine, on étudie les besoins des populations pendant un temps suffisant pour que ces secours ne s'imposent plus !

On peut également examiner longuement les diverses façons de faire ce que l'on a à faire. Supposons qu'après une enquête préliminaire, la nécessité se confirme. Le substitueur voudra être certain de choisir le meilleur moyen d'arriver à ses fins, quel que soit le temps qu'il doit y passer. Cette technique est une substitution en soi et moins terrifiante dans ses effets que le syndrome du flottement.

Autre méthode : obtenir l'avis d'un expert, afin que le projet choisi soit efficace. Des commissions sont formées, et la question soumise à une étude. Il existe une variante de cette technique, celle qui consiste à s'adresser à des experts disparus, qui s'appelle la *recherche des précédents.*

On peut enfin recourir à la formule : « Commençons par le commencement. » Cette méthode exige une attention minutieuse : on étudie longuement toutes les phases de préparation, on calcule les réserves de pièces détachées, de formulaires, de munitions, de fonds, etc., afin de consolider la position actuelle avant d'entamer l'offensive vers l'objectif.

Voici un cas intéressant qui présente plusieurs des méthodes précitées. Grant Swinger, directeur adjoint du service social de la société Repos et Cie, était jugé extrêmement compétent parce qu'il savait mieux que quiconque persuader les gouvernements et les organisations charitables de se défaire de leur argent en faveur de causes locales méritantes.

La guerre à la pauvreté fut déclarée ; Swinger fut promu coordinateur en chef du programme anti-sous-développement de la société, car la direction partait du principe que puisqu'il avait si bien su comprendre les grands de ce monde, il ne pouvait qu'être parfaitement compétent en aidant les petits.

A l'heure où j'écris ces lignes, Swinger est toujours fort occupé à récolter des fonds pour la construction d'un immeuble de bureaux gigantesque destiné à abriter son personnel et à se dresser comme un monument de la charité. (« Commençons par le commencement. »)

« Nous voulons que les pauvres voient bien que leur gouvernement ne les oublie pas », explique Swinger. Il a mille projets, il va rassembler un conseil anti-sous-développement (obtenir l'avis des experts), trouver des fonds destinés à un sondage des problèmes des sous-développés (confirmer le besoin) et faire une tournée dans tout le monde occidental pour étudier des projets similaires en préparation ou en exécution ailleurs (examiner les diverses méthodes).

Il est bon d'observer que Swinger travaille du matin au soir, qu'il est heureux comme un roi à son nouveau poste et qu'il estime très sincèrement faire œuvre utile. Il refuse modestement les propositions de ceux qui voudraient le voir profiter de son succès en se présentant aux élections. En un mot, il est l'exemple d'une parfaite réussite de substitution.

Technique n° 2 : *se spécialiser dans le détail superflu.*

P. Gladman fut promu directeur d'une usine en déconfiture faisant partie du complexe Sagamore Divans, et se vit confier la tâche spécifique d'accroître la production et les bénéfices de cette branche.

Il était incompétent, il s'en rendit compte immédiatement et cessa promptement de se consacrer à l'idée de productivité. Il substitua à cela un souci zélé de l'organisation intérieure des bureaux et de l'usine.

Il passa ses journées à s'assurer qu'il n'existait aucun point de friction entre la direction et le personnel, que les conditions de travail étaient plaisantes et que tous les ouvriers et employés formaient, comme il disait, « une grande famille heureuse ».

Heureusement pour lui, Gladman avait pris un

directeur adjoint, D. Dominy, un jeune homme qui n'avait pas encore atteint son niveau d'incompétence. Grâce à l'énergie et à l'entregent de Dominy, l'usine prospéra.

Gladman en fut félicité et se sentit fier de sa « réussite ». Il avait parfaitement opéré sa substitution, et trouvé ainsi le bonheur.

La devise des spécialistes du détail est : « Occupez-vous des souris et les montagnes se débrouilleront bien toutes seules. »

U. Tredwell était un directeur adjoint compétent de l'école élémentaire d'Excelsior City, intellectuellement capable, maintenant une bonne discipline parmi ses élèves et un bon moral chez les maîtres. Après avoir été promu, il trouva son niveau d'incompétence au poste de directeur ; il manquait du tact nécessaire pour s'entendre avec l'association des parents d'élèves, les journalistes, les inspecteurs et les membres du conseil d'administration de l'école. Son étoile se ternit et l'école se mit à décliner aux yeux du public.

Tredwell imagina une spécialisation du détail ingénieuse. Il se mit à professer un souci touchant à l'obsession pour les problèmes de circulation humaine, les marées, les collisions, les courants provoqués par les allées et venues des élèves et des maîtres dans les couloirs et les escaliers.

Il étudia des plans à grande échelle des bâtiments et mit au point un système de circulation compliqué. Il fit peindre des lignes blanches et des flèches rouges ou vertes sur les planchers et sur les murs. Aucun élève n'avait le droit de franchir une ligne blanche. Imaginons qu'un garçon, pendant une leçon, soit envoyé porter un message dans une autre classe, juste en face. Il ne peut franchir la ligne médiane. Il doit tourner à droite, aller jusqu'au bout du couloir, contourner la ligne blanche et revenir par l'autre côté.

Tredwell passa le plus clair de son temps à errer dans les bâtiments pour surveiller son système ; il écrivit des articles pour les revues professionnelles, il fit visiter son école à des éducateurs spécialistes du détail ; il travaille maintenant à un gros livre consacré à son sujet, illustré de nombreux plans et photographies.

Il mène une vie active autant qu'heureuse, et sa santé est parfaite, il ne présente pas le moindre symptôme du syndrome du dernier poste. Encore un triomphe pour la technique de la spécialisation dans le détail !

Technique n° 3 : *la représentation remplace l'action.*

Mrs. Vender, professeur de mathématiques au lycée d'Excelsior City, consacre une grande partie de son cours à expliquer à ses élèves l'intérêt et l'importance des mathématiques. Elle leur parle de leur histoire, de leur état présent et de leur avenir probable. Quant à l'étude des mathématiques proprement dite, elle la confie aux devoirs à la maison.

Les cours de Mrs. Vender sont intéressants et vivants ; la plupart de ses élèves pensent qu'elle est bon professeur. Ils connaissent mal leur sujet, mais ils croient que c'est simplement parce qu'il est difficile.

Mrs. Vender se prend aussi pour un excellent professeur ; elle est certaine que seule la jalousie de ses collègues moins compétents l'empêche d'avoir des promotions, et vit dans un état permanent d'agréable satisfaction.

Mrs. Vender substitue. Sa technique n'est pas unique, et peut être employée consciemment ou non. La règle en est simple : pour obtenir le contentement de soi, un milligramme de représentation vaut une livre d'accomplissement. (*Placebo de Peter.*)

Notons que si cette technique apporte une belle satisfaction à celui qui l'utilise, elle ne satisfait pas nécessairement son employeur.

Le *placebo de Peter* est très bien compris par les hommes politiques de toute espèce. Ils parlent de l'importance, du caractère sacré, de l'histoire fascinante du système démocratique (ou monarchique, communiste, féodal selon le cas) mais ne font pour ainsi dire rien et n'accomplissent pas les devoirs de leur charge.

La technique est également fort utilisée dans les milieux artistiques. A. Fresco, peintre d'Excelsior City, a peint quelques toiles intéressantes et puis il a semblé perdre l'inspiration. Il se fit alors conférencier pour parler de la valeur de l'art. Vous avez aussi l'écrivain de bar, qui passe sa vie au café, chez lui ou à l'étranger, à discourir de l'importance de la littérature, des défauts des autres écrivains et des grandes œuvres qu'il écrira un jour.

Technique n° 4 : *l'aberration totale.*

C'est une stratégie hardie, qui réussit parfois pour cette raison même.

Le préparateur perpétuel, le spécialiste du détail et le représentatif n'accomplissent, comme nous venons de le voir, aucun travail utile, ou tout au moins pas dans leur branche, et pourtant ils font certaines choses, ou parlent de certaines choses qui ont plus ou moins de rapport avec leur travail particulier. Les observateurs distraits, et même les collègues, ne s'aperçoivent pas que ces gens opèrent une substitution au lieu de donner des résultats.

Mais l'*aberrant total* ne fait même pas semblant d'accomplir son travail.

F. Helps, président de la société Roue Edentée, passe tout son temps à siéger dans des conseils d'œuvres de charité, il organise des campagnes de récolte de fonds, il crée des activités philanthropiques, il encourage les travailleurs bénévoles et surveille les professionnels. Il ne vient à son bureau que pour signer quelques papiers importants.

Dans son aberration, Helps fréquente assidûment un ancien adversaire, aujourd'hui excellent ami, nommé T. Merritt, vice-président à vie de la compagnie des Roues Dentées. Merritt fait partie des mêmes conseils et des mêmes commissions de charité et lui non plus ne fait rien d'utile à son bureau.

Les conseils d'administration des universités, les commissions parlementaires et les commissions d'enquête sont des terrains de chasse de choix pour les aberrants totaux.

Dans les hiérarchies industrielles et commerciales, on ne les trouve guère qu'aux échelons supérieurs. Cependant, dans les hiérarchies domestiques, cette technique est commune au niveau de la ménagère. Bien des femmes ayant atteint leur niveau d'incompétence, en tant qu'épouse ou mère, réussissent une heureuse substitution en consacrant leur temps et leur énergie à une aberration totale, laissant mari et enfants se débrouiller comme ils peuvent.

Technique n° 5 : *administrologie éphémère.*

Un cadre supérieur incompétent, plus particulièrement dans les grandes hiérarchies complexes, réussit parfois à obtenir une nomination provisoire de directeur d'un autre service ou de président d'un quelconque comité. Ce travail temporaire est différent des charges normales de cet employé.

Voyons comment marche ce système. L'employé n'a plus besoin de s'occuper de son travail réel (qu'il ne peut accomplir d'ailleurs puisqu'il a atteint son niveau d'incompétence), et il a des raisons valables de ne rien accomplir de précis dans son nouveau poste.

« Je ne veux pas prendre cette décision ; nous devons laisser cela au directeur permanent, quand il sera nommé. »

Un adepte de l'administrologie éphémère peut continuer ainsi pendant des années, passant d'un poste temporaire à un autre, et trouver une satisfaction pleine et entière grâce à sa substitution.

Technique n° 6 : *spécialisation convergente.*

Se voyant incompétent pour accomplir les devoirs de sa charge, le *spécialiste convergent* les ignore tout simplement, et consacre toute son attention et tous ses efforts à une tâche minime. S'il y est compétent, il continuera, sinon il se spécialisera encore plus étroitement.

F. Naylor, directeur de la galerie de peinture d'Excelsior City, ne s'occupait ni de l'acquisition des tableaux, ni de leur exposition, ni des finances de son entreprise ; il négligeait ses salles et passait son temps à travailler à l'atelier d'encadrement de sa galerie ou à faire des recherches pour son *Histoire du cadre.* Aux dernières nouvelles, Naylor a compris qu'il n'apprendrait pas sur place tout ce qu'il a besoin de savoir et il a décidé d'étudier les diverses sortes de colles employées ou qui seront employées pour la fabrication des cadres.

Un historien est devenu la plus haute autorité mondiale sur les trente premières minutes de la Réforme.

Plusieurs médecins se sont taillé de belles réputations en étudiant une maladie dont on ne connaît que trois ou quatre cas au monde, alors que d'autres se spécialisent dans une infime partie du corps.

Un académicien incompétent, incapable de comprendre la signification et la valeur d'une œuvre littéraire, peut fort bien écrire un traité intitulé *Etude comparée de l'emploi de la virgule dans l'œuvre d'Otto Scribbler.*

Les exemples que j'ai donnés, et d'autres qui vous viendront certainement à l'esprit, démontrent que, du point de vue de l'employé, la substitution est de loin la technique d'ajustement au dernier poste la plus satisfaisante.

La réussite d'une substitution efficace préviendra généralement l'apparition du syndrome du dernier poste et permettra à l'employé de terminer sa carrière en paix, heureux et en parfaite santé, à son niveau d'incompétence.

XIV

L'INCOMPÉTENCE CRÉATRICE

MON exposé du principe de Peter évoque-t-il pour vous une philosophie du désespoir ? Frémissez-vous à la pensée que ce dernier poste, avec ses affreux symptômes physiques et psychologiques, doit marquer la fin de votre carrière ? Ces questions, je les comprends fort bien, et je veux faire cadeau à mon lecteur d'un couteau qui lui permettra de trancher ce nœud gordien philosophique.

Mieux vaut allumer une seule bougie que de maudire la compagnie d'électricité et Thomas Edison.

« Naturellement, me direz-vous, une personne peut tout simplement refuser une promotion et rester au poste pour lequel elle est compétente et où elle est heureuse. »

Le refus catégorique d'une promotion proposée est connu sous le nom de *parade de Peter.* Bien sûr, cela semble assez facile, mais je n'ai découvert qu'un seul exemple de réussite.

T. Sawyer, charpentier employé par la société de construction immobilière Demaison, était si travailleur, si compétent et consciencieux qu'il se vit offrir plusieurs fois le poste de contremaître.

Sawyer respectait son patron et il aurait aimé lui faire plaisir. Mais il était heureux comme simple charpentier, il n'avait aucun souci et pouvait oublier son travail chaque jour à dix-sept heures trente.

Il savait que s'il devenait contremaître il passerait ses soirées et ses week-ends à s'inquiéter du travail du lendemain ou de la semaine suivante. Il refusa donc régulièrement toute offre de promotion.

Il est bon de noter en passant que Sawyer était célibataire, qu'il n'avait pas de parents proches et peu d'amis. Il pouvait donc agir comme bon lui semblait.

Ce n'est pas toujours si facile ! Pour la plupart des gens, la parade de Peter est impossible à mettre en pratique. Voici le cas de B. Loman, citoyen modèle et bon père de famille, qui refusa une promotion.

Sa femme se mit aussitôt à lui faire des scènes : « Pense à tes enfants, à leur avenir ! Qu'est-ce que les voisins diraient s'ils savaient ça ? Si tu m'aimais, tu voudrais progresser, tu aurais de l'ambition ! » et ainsi de suite.

Afin de savoir exactement ce que diraient les voisins, Mrs. Loman confia la cause de sa tristesse à quelques amis sûrs. La nouvelle se répandit vite dans le quartier. Le jeune fils de Loman, essayant de défendre l'honneur de son père, se battit avec un de ses camarades et lui cassa deux dents. Le procès qui suivit et la note du dentiste revinrent à 1 100 dollars.

La belle-mère de Loman accabla sa fille de tant de conseils qu'elle finit par demander le divorce. Dans sa solitude et son désespoir, Loman se suicida.

Non, refuser une promotion n'est pas sûr garant de bonheur et de santé. Toutes mes recherches m'ont prouvé que, pour la plupart des mortels, la parade de Peter ne paie pas !

Alors que j'étudiais la structure hiérarchique et les taux de promotion dans le personnel des usines Trivial Ideal, je fis une observation révélatrice. Je remarquai que les jardins entourant le siège social étaient magnifiquement entretenus. Les pelouses de velours et les massifs fleuris indiquaient un niveau élevé de compétence horticole. Je découvris que M. Greene, le jardinier, était un homme heureux, affable, qui portait à ses plants une affection sincère et respectait ses outils. Il faisait ce qu'il aimait le mieux au monde, du jardinage.

Il était compétent en toutes choses sauf une : il perdait régulièrement les reçus et les factures des plants ou graines qu'on lui envoyait, bien qu'il se débrouillât fort bien pour les demandes.

La perte de ces reçus bouleversait la comptabilité et plus d'une fois Greene fut réprimandé par le directeur. Ses réponses étaient vagues.

« J'ai dû planter les papiers en même temps que les buissons. »

« Si ça se trouve, les souris de la serre les ont mangés. »

A cause de cette incompétence particulière, Greene ne fut pas envisagé lorsqu'il fallut nommer un nouveau contremaître d'entretien des jardins.

Je me suis entretenu plusieurs fois avec Greene. Il était courtois, aimable, mais assurait qu'il perdait les papiers accidentellement. J'interrogeai sa femme. Elle me dit que Greene conservait des dossiers bien tenus pour ses propres terres, et pouvait calculer le coût de tout ce qu'il produisait dans sa serre et son jardin.

En une autre occasion, j'ai été reçu par A. Messer, contremaître des magasins de la fonderie Cracknell, dont le petit bureau était dans un désordre incroyable, touchant au grotesque. Néanmoins, mon étude me démontra que les piles branlantes de vieux dossiers inutiles, de manuels et de livres, les cartons bourrés de vieux bordereaux froissés, les classeurs débordant de dossiers non classés et les liasses de projets mis au rebut depuis longtemps qui couvraient les murs ne faisaient aucunement partie du travail par ailleurs fort efficient de Messer.

Je n'ai jamais su s'il utilisait consciemment ou non ce désordre pour camoufler sa compétence, afin de ne pas être promu contremaître général.

Voici un cas plus singulier : J. Spellman était un maître d'école compétent. Il avait une excellente réputation professionnelle, mais jamais on ne lui avait offert un poste de surveillant général ou de directeur. Je me demandai pourquoi, et fis une enquête.

Un inspecteur me dit : « Spellman néglige de toucher ses chèques. Tous les trois mois, nous devons lui rappeler que nous aimerions qu'il touche son traitement, pour la bonne tenue de nos livres. Je ne peux pas comprendre une personne qui ne touche pas ses chèques. »

J'insistai et posai de nouvelles questions.

« Non, non, nous avons toute confiance en lui ! me répondit-on. Mais naturellement il est permis de se demander s'il n'a pas des revenus personnels inconnus. »

Je demandai alors si on le soupçonnait de se livrer à quelque activité illégale.

« Certainement pas ! Il n'en est pas question ! Un excellent professeur ! Un homme intègre ! Une magnifique réputation ! »

Malgré tout, je devinai que la hiérarchie ne peut se fier à un homme qui organise si bien son budget qu'il ne se précipite pas à la banque pour toucher son chèque dès qu'il le reçoit afin de couvrir des traites. Spellman, en un mot, s'était montré incompétent dans un sens, puisqu'il ne pouvait se conduire comme tout le monde. Il ne méritait donc aucune promotion.

Le fait que Spellman aimait enseigner et n'avait aucun désir d'être promu à un poste administratif est-il une simple coïncidence ?

J'ai étudié plusieurs de ces cas d'incompétence délibérée apparente mais je n'ai jamais pu déterminer si la conduite avait pour cause une volonté bien arrêtée ou une motivation subconsciente.

Une chose est claire : ces employés évitent

l'avancement non en refusant une promotion (nous avons déjà vu à quel point ce peut être désastreux), mais en s'arrangeant pour ne pas la mériter !

Eureka ! Il existe un moyen infaillible d'éviter l'ultime promotion ; c'est la clef du bonheur et de la santé au travail et dans la vie privée ; cette technique s'appelle *l'incompétence créatrice.*

Peu importe que Greene, Messer, Spellman, et bien d'autres se trouvant dans la même situation, aient évité consciemment ou non l'ultime promotion. Ce qui compte, c'est de savoir s'ils peuvent nous apprendre comment atteindre ce but vital. (Je n'emploie pas le terme « vital » à la légère, car la bonne technique peut vous sauver la vie.)

La méthode se réduit à ceci : créer l'impression que l'on a déjà atteint son niveau d'incompétence.

On y parvient en présentant un ou plusieurs symptômes non médicaux du dernier poste.

Greene le jardinier semblait souffrir d'une certaine forme de papyrophobie. Messer, le contremaître de la fonderie, donnait l'impression d'un papyromane gravement atteint. Spellman le maître d'école, remettant au lendemain le dépôt de ses chèques, présentait une forme grave, bien qu'insolite, du syndrome du flottement.

L'incompétence créatrice donnera ses meilleurs résultats si l'on sait choisir un domaine d'incompétence qui ne vous empêche pas de vaquer aux devoirs principaux de votre charge actuelle.

Quelques techniques subtiles

Pour l'employé de bureau, l'habitude détestable de laisser ses tiroirs ouverts à la fin de la journée de travail peut, dans certaines hiérarchies, avoir l'effet désiré.

Faire preuve d'une avarice sordide, d'un sens des petites économies — éteindre les lumières, fermer les robinets, ramasser les trombones ou les élastiques par terrc ou les récupérer dans les corbeilles à papier tout en marmonnant des homélies sur la vertu de l'épargne — peut être également très efficace.

Se tenir à l'écart

Refuser de payer sa cotisation à la cagnotte sociale de l'entreprise ou du bureau, refuser de boire du café pendant la pause-café officielle, apporter sa gamelle alors que tout le monde déjeune au restaurant, éteindre les radiateurs et ouvrir les fenêtres, refuser de donner aux quêtes pour le mariage d'une collègue ou le cadeau de retraite d'un autre, toute une mosaïque de menues excentricités (le *complexe de Diogène*) provoqueront immanquablement une atmosphère de méfiance et de soupçon qui vous disqualifieront pour toute promotion.

Tactique automobile

Un chef de service extrêmement compétent évita toute promotion en garant de temps en temps sa voiture dans l'espace réservé au président de la société.

Un autre possédait toujours une voiture plus

vieille et moins chère que celles de ses collègues du même rang.

L'apparence

La plupart des gens sont, en principe, d'accord avec le proverbe qui dit que « l'habit ne fait pas le moine », mais dans la pratique, un employé est jugé sur son apparence. C'est une mine pour l'incompétence créatrice.

Le port de vêtements excentriques ou élimés, une légère malpropreté, des cheveux trop longs, les joues mal rasées (la petite coupure dissimulée par un petit bout de sparadrap mais avec une goutte de sang séché à côté, ou le petit coin où le rasoir n'est pas passé) sont des techniques utiles.

Les femmes peuvent porter trop ou pas assez de rouge, se coiffer d'une façon qui ne leur va pas. Un parfum trop fort et une débauche de bijoux fantaisie donnent aussi des résultats appréciables dans bien des cas.

Voici, pour vous guider et vous inspirer, quelques merveilleux cas d'incompétence créatrice que j'ai pu observer au cours de mes recherches [1].

M. F. demanda en mariage la fille du patron lors de la fête annuelle de sa firme. La jeune fille venait de terminer ses études en Europe, et F. ne l'avait jamais vue. Naturellement, il n'obtint

1. Je crois du moins les avoir observés. Le signe distinctif de la parfaite incompétence créatrice, c'est que personne, même le hiérarchologue entraîné, ne peut savoir s'il ne s'agit pas d'incompétence réelle.

pas la main de la fille et, non moins naturellement, il ne peut plus espérer aucune promotion.

Miss L., de la même firme, réussit à offenser la femme du patron, à la même soirée, en imitant le rire particulièrement aigu de cette dame, de façon à ce qu'elle l'entende.

M. P. demanda à un de ses amis de lui téléphoner au bureau en proférant des menaces. A portée de vue et d'ouïe de ses collègues, P. joua la comédie du désespoir, supplia, demanda « encore un peu de temps » et finit par gémir : « Ne le dites pas à ma femme. Si jamais elle l'apprend elle en mourra. » Etait-ce une des farces stupides dont P. avait l'habitude, ou une manifestation remarquable d'incompétence créatrice ?

J'ai évoqué plus haut le cas de T. Sawyer, le charpentier qui sut si bien employer la parade de Peter décrite au début de ce chapitre.

Depuis quelques mois, il achète des éditions de poche bon marché de *Walden* [1] et les donne à ses camarades et à ses supérieurs, en ajoutant à chaque fois quelques réflexions bien senties sur les plaisirs de l'irresponsabilité et les joies du labeur quotidien.

Puis il interroge inlassablement celui qui a reçu le cadeau pour savoir s'il a lu le livre, s'il l'a bien compris. Cette dictature importune porte le nom de *complexe de Socrate.*

Sawyer déclare que les offres de promotion ont cessé. J'ai naturellement été un peu déçu de la disparition de l'unique exemple vivant d'une pa-

1. Thoreau, Henry D. (1817-1862), *Walden or Life in the Woods,* 1854.

rade de Peter réussie (réussie en ce sens qu'elle avait évité à Sawyer la promotion sans lui causer de désagréments). Cependant cette déception est compensée par le plaisir d'assister à la preuve élégante que... l'incompétence créatrice bat la parade de Peter à tous les coups !

Une étude approfondie du chapitre XII vous donnera suffisamment d'idées pour trouver vous-même votre incompétence créatrice. Cependant, je dois insister sur l'importance capitale d'un détail : il est indispensable de dissimuler le fait que vous cherchez à éviter la promotion.

Vous pouvez par exemple grommeler de temps en temps : « C'est tout de même un monde !

C'est toujours les mêmes qui sont promus, dans cette boîte, et on oublie les meilleurs ! »

Oserez-vous le faire ? Si vous n'avez pas encore atteint votre dernier poste, ou plateau de Peter, vous pouvez découvrir une incompétence aberrante.

Trouvez-la et pratiquez-la avec diligence. Vous resterez ainsi à votre niveau de compétence et vous aurez la satisfaction d'accomplir un travail utile.

L'incompétence créatrice offre, il me semble, un champ d'action aussi passionnant que la lutte traditionnelle pour l'échelon supérieur !

XV

L'EXTENSION DARWINIENNE

En évoquant la compétence et l'incompétence, nous avons jusqu'ici étudié les problèmes qui se posent dans le travail, ainsi que les instruments et stratagèmes que les hommes emploient pour gagner leur vie dans une société complexe et industrialisée.

Ce chapitre va tenter d'appliquer le principe de Peter dans un sens plus large, la vie en général. L'homme peut-il tenir ses positions, ou avancer, dans la hiérarchie évolutionniste ?

Interprétation peterienne de l'histoire

L'homme a obtenu de nombreuses promotions

dans la hiérarchie de la vie. Chacune — de l'homme des cavernes à celui de la pierre polie, puis à celui de l'âge de fer, de bronze, et ainsi de suite — a jusqu'ici accru ses espérances de survie en tant qu'espèce.

Les membres de la race humaine les plus orgueilleux envisagent une ascension infinie, ou promotion *ad infinitum*. Je tiens à faire observer que, *tôt ou tard, l'homme atteindra fatalement son niveau d'incompétence vitale.*

Deux choses peuvent l'en empêcher : qu'il n'ait pas assez de temps, ou pas assez de rang dans la hiérarchie. Mais, autant que nous puissions le savoir, nous avons devant nous un temps infini (que nous parvenions à en tirer profit ou non), et un nombre infini de rangs dans l'existence ou en puissance (diverses religions ont décrit d'innombrables hiérarchies d'anges, de demi-dieux et de dieux, au-dessus du niveau actuel de l'humanité).

D'autres espèces animales ont connu de nombreuses promotions mais ont atteint finalement leur niveau d'incompétence. Le dinosaure, le ptérodactyle, le mammouth se sont développés en vertu de certaines qualités, la masse, les défenses, les ailes, etc. Mais ces qualités mêmes qui assuraient au début leur promotion ont fini par provoquer leur incompétence. Nous pouvons dire que la compétence contient toujours la graine de l'incompétence. La bonhomie vulgaire du général Goodwin, la routine de Miss Ditto, la personnalité dominatrice de M. Driver étaient des qualités qui leur ont valu leurs promotions ; ces mêmes vertus ont fini par leur rendre impossible toute nouvelle promotion ! Ainsi, diverses espèces animales, après des millénaires de promotion, ont atteint leur niveau d'incompétence et ont stagné, ou ont atteint la super-incompétence et ont disparu.

Il en va de même pour beaucoup de sociétés et de civilisations humaines. Certains peuples, florissants sous le système colonial, sous la tutelle de nations plus fortes, se sont révélés incompétents quand ils ont été promus à la liberté. D'autres nations qui étaient compétentes pour se gouverner en tant que villes-Etats, républiques ou monarchies, ont atteint leur niveau d'incompétence quand elles sont devenues empires. Des civilisations qui prospéraient dans l'adversité et les conditions difficiles se sont révélées incompétentes à supporter les pressions du succès et de la fortune.

Que deviendra la race humaine ? L'habileté est la qualité qui a valu à l'humanité des promotions constantes. Cette habileté deviendra-t-elle une barrière infranchissable pour atteindre une dernière promotion ? L'humanité sera-t-elle un jour réduite à l'état de super-incompétence, assurant ainsi sa prompte disparition de la hiérarchie vitale ?

On peut d'ores et déjà considérer deux signes menaçants : *la régression hiérarchique* et *l'incompétence par ordinateur.*

Considérons tout d'abord la régression hiérarchique.

C'est par les écoles que la société modèle et éduque les nouveaux membres de la race humaine. J'ai déjà examiné un système scolaire typique en m'intéressant aux maîtres. Considérons maintenant les élèves.

Le vieux système scolaire désuet était une expression pure du principe de Peter. Un élève est promu, classe par classe, jusqu'à ce qu'il atteigne son niveau d'incompétence. Alors il doit redoubler, c'est-à-dire demeurer à son niveau d'incompétence. Dans certains cas, et parce que l'enfant se développe mentalement, sa compétence intellectuelle s'accroîtra pendant l'année de redoublement, et il pourra alors obtenir une nouvelle promotion et passer dans la classe supérieure. S'il échoue, il redoublera encore.

(Il est bon de noter que cet « échec » est tout simplement ce que, dans les études de travail, nous avons appelé « réussite », c'est-à-dire l'accession au dernier poste d'incompétence.)

Les directeurs d'école et les professeurs n'aiment plus ce système ; ils pensent que l'accumulation d'élèves incompétents nuit au bon renom de l'école. Un administrateur m'a dit : « J'aimerais pouvoir faire passer tous les cancres et recaler les intelligents ; ainsi le niveau serait haussé et les classes progresseraient. Ce stockage de cancres abaisse le niveau en réduisant la moyenne de mon école. »

Une politique aussi paradoxale ne sera certainement pas admise. Donc, pour éviter l'accumulation des incompétents, les administrateurs ont imaginé de promouvoir tout le monde, les incompétents comme les compétents ! Ils justifient psychologiquement cette idée en disant que cela évite aux enfants d'être traumatisés par l'échec.

En fait, ils appliquent la sublimation percutante aux élèves incompétents.

Le résultat de cette sublimation en gros, c'est que la classe terminale du lycée représente aujourd'hui le même niveau intellectuel que la classe de seconde d'il y a peu de temps. Bientôt, ce niveau tombera à celui de la troisième, de la quatrième et ainsi de suite.

J'appelle ce phénomène la *régression hiérarchique.*

C'est ainsi que les certificats et les diplômes perdent leur valeur en tant qu'étalons de compétence. Avec l'ancien système nous savions qu'un élève qui ne « passait » pas en cinquième avait dû être au moins compétent en sixième. Nous savions que l'étudiant qui échouait en première année d'université avait dû être au moins un bon élève de lycée, etc.

Mais à présent, c'est fini. Le diplôme moderne prouve simplement que l'élève a eu la compétence de supporter un nombre donné d'années d'études.

Le baccalauréat, naguère certificat de compétence universellement prisé, n'est plus qu'un certificat d'incompétence si l'on vise les postes de haute responsabilité les mieux payés [1].

Il en va de même à tous les échelons. Non seulement le baccalauréat mais la licence ont perdu leur valeur. Seul le doctorat conserve encore une auréole de compétence, mais sa valeur est rapidement minée par la naissance des diplômes

1. On doit faire observer que la régression hiérarchique n'est pas un phénomène moderne. Il y a très longtemps, le fait de savoir lire et écrire était considéré en soi comme un certificat de compétence permettant d'accéder aux postes importants. Puis on découvrit qu'il y avait de plus en plus d'imbéciles qui savaient lire, et les employeurs devinrent plus exigeants et haussèrent le niveau : sixième, quatrième, et ainsi de suite. Chacun de ces niveaux scolaires débuta comme certificat de compétence et dégénéra très vite au point de devenir certificat d'incompétence.

post-doctorat. Combien de temps avant que le post-doctorat lui-même devienne un signe d'incompétence pour de nombreux postes, et que l'on doive passer un post-post-doctorat, avant le post-post-post-doctorat ?

L'escalade de l'évolution scolaire accélère le processus de dégradation. Beaucoup d'universités, par exemple, ont recours à ce même système de l'élève-maître (un étudiant plus avancé enseignant aux nouveaux) qui a été condamné il y a cinquante ans dans les écoles primaires !

Cette escalade produit les mêmes résultats dans tous les autres domaines. Comme on a besoin de *plus* d'ingénieurs, de savants, de prêtres, de professeurs, d'automobiles, de pommes, d'astronautes ou je ne sais quoi, et qu'on les veut plus vite, les normes d'acceptation baissent nécessairement et une régression hiérarchique s'installe.

Vous-même, en tant que consommateur, employeur, artisan ou professeur, vous constatez sans nul doute les résultats de la régression hiérarchique. J'y reviendrai plus tard, pour indiquer par quels moyens elle pourrait être endiguée.

Le deuxième symptôme menaçant est l'incompétence par ordinateur.

Un homme ivre ne peut marcher droit. Tant qu'il est à pied, le danger ne concerne que lui. Mais placez-le au volant d'une automobile et il peut tuer une dizaine de personnes avant de se rompre les os.

Il est inutile d'élaborer. Manifestement, plus les moyens mis à la disposition sont puissants, plus je peux faire de bien ou de mal par ma compétence ou mon incompétence.

La presse, la radio et la télévision ont tour à tour augmenté le pouvoir qu'a l'homme de propager et de perpétuer son incompétence. Et nous en venons à l'ordinateur.

Dossier de l'usage de l'ordinateur, cas n° 11 :

R. Fogg, fondateur et P.d.g. des Engrenages Fogg S.A., était un ingénieur-inventeur qui avait atteint son niveau d'incompétence comme administrateur. Fogg se plaignait sans cesse de l'incapacité de son directeur, de ses employés et de ses comptables. Il ne comprenait pas qu'ils étaient aussi efficaces que n'importe quel autre groupe de travailleurs. Certains n'avaient pas encore atteint leur niveau d'incompétence ; ils effectuaient un bon travail et faisaient marcher l'affaire. Ils arrivaient à prendre les ordres confus de Fogg, à écarter ce qui valait mieux être ignoré de ce qui pouvait être utile à la compagnie, et prenaient les mesures appropriées.

Un représentant persuada Fogg qu'un ordinateur pouvait être programmé de façon à faire une grande partie du travail du personnel de bureau et même augmenter la rentabilité de l'usine. Fogg passa sa commande, l'ordinateur fut installé et le personnel « en surplus » fut congédié.

Mais Fogg s'aperçut bientôt que le travail de la firme n'était plus aussi rapide ni satisfaisant. Il y avait deux choses qui lui avaient échappé. (Ou du moins, il n'avait pas compris qu'elles pourraient s'appliquer à ses opérations.)

D'une part, un ordinateur refuse toute instruction confuse, il fait simplement clignoter ses lumières et attend des éclaircissements.

D'autre part, il est dépourvu de tact. Il ne sait pas flatter. Il n'a pas de jugement. Il ne dira jamais « Oui, monsieur le président, tout de suite, monsieur le directeur » si on lui donne un ordre abscons, pour aller ensuite faire le travail convenablement. Il suit aveuglément les ordres stupides, du moment qu'ils sont clairement donnés.

Les affaires de Fogg ne tardèrent pas à péricliter et un an plus tard sa société fit faillite. Il avait été victime de l'incompétence par ordinateur.

Voici quelques autres exemples horribles.

Les services d'éducation de Québec payèrent à tort 275 864 dollars de bourses. L'erreur avait été faite par des services de copie dirigés par ordinateur.

A New York, l'ordinateur d'une banque se mit à clignoter, tomba en panne ; trois milliards de dollars de comptes restèrent pendant vingt-quatre heures dans les limbes.

L'ordinateur d'une compagnie aérienne imprima 6 000 demandes de réassortiment au lieu de 10. La compagnie se trouva à la tête d'un surplus de 5 990 boîtes de chocolats à la menthe.

Un sondage effectué en 1966 montre que plus de 70 pour 100 des installations d'ordinateurs faites à ce jour en Grande-Bretagne doivent être considérées comme des échecs commerciaux.

Un certain ordinateur était tellement sensible à l'électricité statique qu'il faisait des erreurs chaque fois qu'une employée portant de la lingerie de nylon s'approchait de lui.

Trois observations peuvent être tirées de ce qui précède :

L'ordinateur peut être lui-même incompétent, c'est-à-dire incapable d'effectuer rapidement et correctement le travail auquel il est destiné. Ce genre d'incompétence ne peut jamais être guérie car le principe de Peter s'applique aux usines dans lesquelles ces ordinateurs sont conçus et fabriqués.

Même s'il est parfaitement compétent, l'ordinateur magnifie à l'infini les résultats de l'incompétence de son propriétaire et de ses programmateurs.

Enfin, l'ordinateur, tout comme l'employé humain, est soumis au principe de Peter. S'il commence par faire du très bon travail, les gens ont tendance à le promouvoir à des tâches plus difficiles, jusqu'à ce qu'il atteigne son niveau d'incompétence.

Ces deux manifestations — la prolifération constante de la régression hiérarchique et de l'incompétence par ordinateur — font partie d'une tendance générale qui, si elle continue, poursuivra l'escalade jusqu'au niveau d'incompétence vitale totale. Au chapitre III, nous avons vu que le souci excessif de l'administration interne pouvait détruire complètement la raison pour laquelle la hiérarchie existe, c'est-à-dire les relations et le commerce extérieurs.

Maintenant que vous êtes un étudiant en hiérarchologie, vous devez comprendre que l'escalade continue du souci interne n'est autre chose que l'inversion de Peter.

La première erreur de l'homme : la roue

Constatez les résultats. Il est évident que nous sommes tous condamnés par notre propre habileté et notre vocation d'homme à l'escalade. Notre pays, il y a quelques décennies, était parsemé de lacs limpides, traversé de ruisseaux d'eau vive, claire et fraîche. La terre produisait une nourriture saine. Les citoyens pouvaient facilement profiter de tableaux bucoliques d'une paisible beauté. Aujourd'hui lacs et torrents, ruisseaux et rivières sont autant de fosses septiques. L'atmosphère est empuantie par les vapeurs d'essence, polluée par la suie. La terre et l'eau sont empoisonnées par des insecticides, au point que les oiseaux, les abeilles, les poissons, le gibier et le bétail meurent lentement. La campagne est devenue une décharge publique.

C'est ce qu'on appelle le progrès ! Nous avons tellement progressé que nous ne pouvons même plus parler avec confiance de la survie de l'homme ! Nous avons détruit les promesses de ce siècle et nous avons transformé les miracles de la science en cabinet des horreurs, où un holocauste nucléaire pourrait sonner le glas de la race humaine tout entière. Si nous persistons à construire, à inventer et à reconstruire fébrilement pour progresser plus avant, nous allons atteindre notre niveau d'*incompétence vitale totale.*

Avez-vous parfois l'impression que vous avez rendez-vous avec l'oubli, mais préféreriez-vous poser un lapin ? La hiérarchologie vous montrera comment y parvenir.

Entre toutes les recettes d'amélioration de la

condition humaine et de survie de la race, il n'en est qu'une, le principe de Peter, qui rassemble de façon réaliste les connaissances factuelles de l'organisme humain. La hiérarchologie révèle la véritable nature de l'homme, sa prolifération de hiérarchies, son désir de les conserver, associé à sa tendance à les détruire. Le principe de Peter et la hiérarchologie apportent le facteur commun de toutes les sciences sociales.

Les remèdes de Peter

La race humaine doit-elle obligatoirement atteindre son niveau d'incompétence vitale pour être ainsi renvoyée de la hiérarchie de la vie ?

Avant de répondre à cette question, posez-vous celle-ci : « Quel est le but de la hiérarchie humaine ? »

Dans une de mes conférences, *L'avenir est devant nous,* j'ai dit à mes étudiants : « Si vous ne savez pas où vous allez vous allez probablement vous retrouver ailleurs. »

Il est évident que, si le but de la hiérarchie est la défoliation humaine totale, le principe de Peter est superflu. Mais si nous désirons survivre, et améliorer notre sort, les *remèdes de Peter,* allant de la prévention à la guérison, vous montreront ce qu'il faut faire. Par exemple :

Prophylaxie de Peter : moyens d'éviter d'être promu à son niveau d'incompétence.

Palliatifs de Peter : pour ceux qui ont déjà atteint leur niveau d'incompétence, les moyens de prolonger la vie et de conserver santé et bonheur.

Placebo de Peter : pour la suppression des symptômes du syndrome du dernier poste.

Ordonnances de Peter : panacée contre tous les maux humains.

1. *Prophylaxie de Peter :* un gramme de prévention.

La prophylaxie, dans le sens hiérarchologique du terme, est une mesure préventive appliquée avant l'apparition du syndrome du dernier poste, ou avant l'installation de la régression hiérarchique.

Je recommande vivement dans ce cas l'emploi hygiénique de la pensée négative. Si M. Mald Mahr avait réfléchi aux aspects négatifs du poste de directeur général, aurait-il accepté la promotion ?

Supposons qu'il ait demandé : « Que vont penser de moi les directeurs ? Qu'attendent de moi mes subordonnés ? Que désire ma femme ? »

Si Mald avait étudié les aspects négatifs de la promotion, aurait-il renoncé à un avancement qui le condamnait à mort ?

Il était intellectuellement compétent ; il aurait pu faire le total des négatifs, y compris le conflit des codes décrits plus haut, les rapports altérés avec ses amis, la nécessité de faire partie d'un club élégant, le besoin d'un habit de soirée, d'une nouvelle garde-robe pour sa femme, et toutes les autres pressions accompagnant la promotion.

Il aurait sans doute pu décider que l'existence à son ancien niveau était heureuse, qu'il était satisfait de son sort et que sa vie sociale, ses goûts et sa santé valaient d'être préservés.

Vous pouvez vous-même appliquer la méthode de la pensée négative : « Est-ce que je serais content de travailler pour le patron de mon patron ? »

Ne considérez pas votre supérieur, que vous pensez pouvoir remplacer, mais son supérieur à lui. Vous plairait-il de travailler pour un homme situé à deux échelons de vous ? La réponse à cette question a souvent des propriétés prophylactiques.

Si l'on étudie l'incompétence civique, nationale ou internationale, on constate que la pensée négative est une force considérable.

Examinez par exemple les mérites d'une coûteuse exploration sous-marine. Songez à l'inconfort et aux dangers de la vie au fond des mers et comparez-les à l'agrément d'un après-midi passé chez soi en sécurité dans son jardin ou au bord de sa piscine.

Imaginez la puanteur, la déformation du goût et les périls provoqués par une pulvérisation de produits insecticides sur toute la surface du globe ; comparez avec la joie simple, et l'exercice physique d'un sulfatage de votre petite vigne.

La pensée négative peut nous aider à éviter notre propre escalade à notre niveau d'incompétence vitale, et contribuer ainsi à empêcher la destruction du monde.

L'application de l'incompétence créatrice peut également nous aider à résoudre le grand problème de l'incompétence vitale de l'homme. Sans renoncer à paraître aspirer à la promotion dans la hiérarchie vitale, nous pouvons pratiquer délibérément l'aberration afin de nous empêcher de l'obtenir.

(Par « aberration », j'entends tout ce qui n'est

pas consacré aux besoins essentiels, la nourriture, les vêtements, la santé, l'éducation des enfants.)

Voici un exemple. L'homme a résolu à la perfection bien des problèmes de transport. Sans perdre de temps, il peut se rendre dans n'importe quelle partie du globe, sans plus d'inconfort ou de dangers que s'il se promenait dans les rues de sa ville et, j'oserai dire, en courant beaucoup moins de périls que dans les grandes métropoles !

La promotion dans la hiérarchie du voyage devrait en principe faire passer l'homme de l'état de voyageur sur terre à celui d'astronaute. Mais ce serait de l'escalade pure et sans objet. L'homme n'a pas besoin d'explorer en personne la Lune, Mars ou Vénus. Il y a déjà envoyé des radars, des instruments, des sondes qui ont transmis des descriptions de ces corps célestes. Tous les rapports indiquent que ce sont des terres bien inhospitalières.

L'humanité se passerait fort bien de la promotion aux voyages interplanétaires. Mais, comme nous l'avons vu, il n'est pas facile de refuser une promotion. Le plus simple, le plus plaisant, le plus efficace semble donc être de ne pas la mériter : c'est l'incompétence créatrice.

L'homme a maintenant l'occasion de faire preuve d'incompétence créatrice dans ce domaine cosmique [1]. Il a l'occasion de brider son habileté dangereuse et de faire preuve d'un peu de saine incompétence.

Examinons un autre exemple. L'homme s'est

1. Les erreurs, les retards et les catastrophes accompagnant le programme cosmique indiquent que le peuple qui s'y intéresse pourrait bien pratiquer l'incompétence créatrice. Je parle bien au conditionnel parce que lorsque l'incompétence créatrice est un succès nul ne peut savoir si elle est délibérée ou non.

élevé dans la hiérarchie thérapeutique, par la magie, le vaudou, les miracles, jusqu'à la médecine et la chirurgie modernes. Il fabrique maintenant des pièces détachées humaines, naturelles ou synthétiques. Ce pas en avant est une promotion qui le fait passer de guérisseur à créateur.

Mais, devant la menace d'une explosion démographique et d'une famine générale, l'homme a-t-il vraiment besoin de cette promotion ?

Ne serait-il pas plus habile de faire preuve d'incompétence créatrice pour démolir la technique et éviter ainsi l'inutile et dangereuse promotion ?

C'est à vous de décider...

En vous penchant tant soit peu sur la question, vous trouverez certainement d'autres domaines dans lesquels cette incompétence créatrice — cette humilité — pourrait s'appliquer.

Devant la menace d'une promotion au niveau de l'incompétence vitale totale (mettons au moyen d'une pollution atmosphérique, d'une guerre nucléaire, d'une famine générale ou d'une invasion de bactéries martiennes) nous ferions bien d'appliquer la prophylaxie de Peter.

Si nous pratiquons la pensée négative et l'incompétence créatrice, évitant ainsi de gravir le dernier échelon, l'homme pourra peut-être être sauvé.

La prophylaxie de Peter prévient les promotions pathologiques.

2. *Palliatifs de Peter :* un gramme de soulagement.

Bien que l'humanité, dans l'ensemble, n'ait pas

encore atteint son niveau d'incompétence totale, beaucoup d'individus, comme nous l'avons vu, l'atteignent bien, et ne tardent pas à disparaître.

J'ai déjà évoqué certains palliatifs pour ceux-là, des mesures qui peuvent leur permettre de vivre jusqu'à la fin de leurs jours dans le confort moral, et relativement heureux. Voyons maintenant comment ces palliatifs peuvent s'appliquer sur une plus grande échelle.

Comme nous avons pu le constater, la régression hiérarchique dans l'enseignement est provoquée par une sublimation percutante massive des élèves qui, autrefois, auraient eu droit à l'échec.

Je propose, pour remplacer la sublimation percutante, d'appliquer à ces mêmes élèves une arabesque latérale.

Aujourd'hui, un élève qui « échoue » en cinquième est sublimé à la quatrième. Avec mon plan, il serait arabesqué de la cinquième à une classe de, mettons... d'études académiques en profondeur. Il pourrait alors refaire son travail de l'année, en étudiant plus particulièrement les matières dans lesquelles il a échoué. Son évolution intellectuelle et, avec un peu de chance, un meilleur enseignement, le prépareront peut-être à l'accession en quatrième.

Sinon, ses parents ne pourraient guère se formaliser de le voir « gagner » un diplôme d'études académiques supérieures.

Eventuellement, si l'élève n'a pas fait de progrès quand il atteint l'âge de terminer ses études, il recevra un diplôme de fin d'études académiques.

Ainsi, l'arabesque latérale lui permet de s'en

tirer par un biais. Elle n'intervient pas dans l'instruction des élèves qui continuent de progresser, et ne diminue en rien la valeur des certificats et diplômes normaux qu'ils reçoivent.

Cette technique a fait ses preuves avec les adultes ; alors pourquoi ne pas l'appliquer dans le domaine de l'enseignement ?

Les palliatifs de Peter préviennent la sublimation percutante.

3. *Le placebo de Peter :* un gramme d'apparence.

Hiérarchologiquement, un placebo est l'application d'une méthode neutre (non escalatoire) afin de supprimer les résultats indésirables d'une accession au niveau d'incompétence.

J'aimerais en revenir au cas de Mrs. Vender, cité au chapitre XIII. Cette dame, ayant atteint son niveau d'incompétence, exaltait les vertus des mathématiques au lieu de les enseigner.

Mrs. Vender substituait l'apparence à l'action. *Placebo de Peter* : un gramme d'apparence vaut une livre d'action.

Voyons maintenant comment le *Placebo* peut s'appliquer sur une grande échelle. Les travailleurs incompétents, au lieu d'aspirer sans cesse à la promotion, feraient des conférences sur la dignité du travail. Les éducateurs incompétents renonceraient à enseigner pour passer leur temps à exalter les vertus de l'éducation. Les peintres incompétents feraient des cours d'appréciation de l'art. Les astronautes incompétents écriraient des livres de science-fiction et les impuissants composeraient des chansons d'amour.

Tous ces adeptes du *placebo de Peter* ne seraient sans doute guère utiles, mais au moins ils ne feraient de mal à personne, et ils n'entraveraient pas les activités des membres compétents des divers métiers et professions.

Le *placebo de Peter* prévient la paralysie professionnelle.

4. *Ordonnance de Peter :* un kilo de guérison.

Quels seraient pour la race humaine les résultats de l'application de l'ordonnance de Peter ?

La prophylaxie empêcherait des millions de personnes d'atteindre leur niveau d'incompétence. En conséquence, ces mêmes millions qui, avec le système actuel, sont frustrés et improductifs, resteraient leur vie durant des membres de la société utiles et heureux.

Les palliatifs et le *placebo* assureraient que ceux qui ont atteint leur niveau d'incompétence ne puissent faire de mal et s'activent dans la joie et la santé.

Ainsi, les millions de personnes présentement employées à veiller sur la santé de ces incompétents et à réparer leurs gaffes seraient libres de faire un travail productif.

Le résultat ? Un stock fantastique d'heures de travail, de créativité, d'enthousiasme, qui deviendrait productif.

Nous pourrions par exemple imaginer et construire un système rapide de circulation et de transit, confortable et rationnel, pour nos plus grandes villes. (Il coûterait moins cher que les fusées lunaires et serait utile à plus de gens.)

Nous pourrions inventer et construire des sources d'énergie qui ne pollueraient pas l'atmosphère, contribuant ainsi à la santé des hommes, à l'embellissement de nos paysages et à une meilleure visibilité de ces beaux paysages.

Nous pourrions améliorer la qualité et la sécurité de nos automobiles, embellir nos autoroutes, nos rues et nos avenues, les garnir de fleurs et assurer ainsi le plaisir des voyageurs.

Nous pourrions apprendre à revenir à nos engrais organiques qui enrichiraient le sol sans l'empoisonner.

On jette aujourd'hui beaucoup de détritus qui pourraient être récupérés et convertis en nouveaux produits en employant des systèmes de récupération aussi complexes que nos actuels systèmes de distribution. Ou alors ces détritus pourraient servir à combler des mines à ciel ouvert ou des carrières abandonnées, pour récupérer le terrain à des fins constructives.

La place me manque pour élaborer davantage. Vous, lecteur sérieux, pourrez envisager l'application de l'Ordonnance de Peter dans votre vie et votre travail, et dans la vie et le travail de votre ville, de votre pays, de votre planète.

Vous conviendrez que l'humanité ne peut accomplir ses plus grandes réalisations en cherchant la quantité pour la quantité ; elle doit y parvenir en améliorant la qualité de la vie, en un mot en évitant l'incompétence vitale.

L'ordonnance de Peter propose l'amélioration de la qualité à la place de la promotion imbécile et mortelle.

L'avenir de la hiérarchologie

J'en ai assez dit pour démontrer que votre bonheur, votre santé et votre réussite réelle, ainsi que l'espérance dans le devenir de l'humanité, dépendent de votre compréhension du principe de Peter, l'application des dogmes de la hiérarchologie et l'utilisation de l'ordonnance de Peter pour résoudre les problèmes humains.

J'ai écrit ce livre afin que vous puissiez comprendre et utiliser le principe de Peter. Son application est laissée à votre discrétion. D'autres ouvrages suivront sans doute. Espérons, en attendant, qu'un philanthrope, dans un coin quelconque du globe, fondera bientôt une chaire de hiérarchologie dans une grande université. Je lui annonce d'ores et déjà que je suis qualifié et prêt à l'occuper, ayant prouvé mes capacités par cet ouvrage.

GLOSSAIRE

Aberration totale. Technique de substitution courante aux échelons commerciaux les plus élevés. Chap. XIII.

Activité interne. Activité uniquement consacrée aux règlements, rites et formes d'une hiérarchie. Chap. III.

Administration éphémère. Technique de substitution. Chap. IX.

Alger (complexe d'). Illusion concernant les effets du piston sur la promotion. Chap. V.

Apparence remplace l'action (l'). Technique de substitution. Chap. XIII.

Aptitude (test d'). Méthode d'accélération de l'accession au dernier poste. Très employée. Chap. IX.

Arabesque latérale. Pseudo-promotion consistant à conférer un nouveau titre et un nouveau bureau. Chap. III.

Arrivé. Ayant atteint le dernier poste. Chap. III.
Auld Lang Syne (complexe d'). Mépris sentimental du présent et glorification des choses du passé : symptôme du dernier poste. Chap. XII.
Automatisme professionnel. Souci morbide des rites et dédain des résultats. Chap. III.
Balançoire (syndrome de la). Technique employée pour dérouter les subordonnés. Chap. XII.
Bois mort. Accumulation d'employés ayant atteint leur niveau d'incompétence.
Cheops (hiérarchie de). Structure pyramidale présentant un grand nombre d'employés à la base et peu de cadres supérieurs au sommet. Chap. VIII.
Classophilie. Manie du classement. Chap. XII.
Commencer par le commencement. Technique de substitution. Chap. XIII.
Complexe de l'édifice. Manie du bâtiment. Chap. XII.
Compétence. Faculté qu'a l'employé, et estimée par ses supérieurs, de prendre sa place dans la hiérarchie. Chap. III.
Compétence au sommet. Phénomène extrêmement rare. Chap. IX.
Conversation générale. Stock personnel de phrases inutiles et sans intérêt. Chap. XIII.
Contournement de Peter. Circonlocution ou détour permettant de dépasser un super-bouchon. Chap. IV.
Coordinateur. Employé chargé de transformer l'incompétence en compétence. Chap. IX.
Corollaire de Peter. « Avec le temps, chaque poste de la hiérarchie sera occupé par un employé incompétent, incapable d'assumer les devoirs de sa charge. » Chap. I.
Cuisiniers. « Trop nombreux, ils gâtent la sauce. » Chap. IX.
Défoliation hiérarchique. Elimination des employés super-compétents ou super-incompétents. Chap. III.
Dernier poste (syndrome du). Manifestation pathologique observée lorsque l'employé atteint son niveau d'incompétence. Chap. XI.
Diagnostic de Peter. « Si l'on passe assez de temps à

confirmer le besoin, ce besoin disparaîtra de lui-même. » Chap. XIII.

Echec (s'appliquant aux élèves des écoles). Voir *Réussite.*

Egalitarisme. Système social assurant l'application la plus libre et la plus rapide du principe de Peter. Chap. VII.

Embauche au hasard. Cause du retard apporté à l'accession au niveau d'incompétence. Chap. IX.

Exceptions. « Le principe de Peter ne connaît aucune exception. »

Facteur d'ancienneté. Pression exercée vers le bas s'opposant au mouvement d'élévation des employés compétents. Chap. V.

Fichue impasse de Peter. Situation de l'employé dont le chemin de la promotion est bloqué par un super-bouchon. Chap. IV.

Flottement (syndrome du). Inaptitude à prendre des décisions. Chap. XII.

Fonds. Souhaités par le professeur Peter. Chap. VII.

Gigantisme tabulatoire. Manie du bureau ou de la table de travail énormes. Chap. XII.

Hiérarchie. Organisation dont les membres ou employés appartiennent à des rangs, grades ou classes.

Hiérarchologie. Science sociale, étude des hiérarchies, de leur structure, de leur fonction, base de toutes les sciences sociales.

Hiérarchologie comparée. Une étude incomplète. Chap. VII.

Hiérarchologie universelle. Champ d'études inexploré. Chap. VII.

Hull (théorème de). « Le piston de plusieurs protecteurs est égal à la somme de leurs pistons propres multipliée par le nombre de ces protecteurs. » Chap. VIII.

Humilité. Une des techniques de l'incompétence créatrice. Chap. XV.

Hypofifriophobie. Terreur d'un supérieur quand un

inférieur, ou sous-fifre, manifeste des qualités de chef. Chap. VII.

Incompétence. Quantité nulle : « Incompétence plus incompétence égale incompétence. » Chap. X.

Incompétence créatrice. Incompétence feinte évitant que l'on vous propose une promotion non souhaitée. Chap. XIV.

Incompétence par ordinateur. Application incompétente des possibilités de l'ordinateur ou incompétence inhérente à celui-ci. Chap. XV.

Incompétence vitale. (syndrome de l'). Une cause de frustration. Chap. VIII.

Incompétence voulue. Etat qui se manifeste chez les compétents haut placés (voir *Compétence au sommet*).

Inertie rigolatoire. Forte tendance à raconter des histoires drôles au lieu de travailler. Chap. XII.

Interprétation petcrienne. Application de la science hiérarchologique aux faits et légendes de l'histoire. Chap. XV.

Inversion de Peter. Logique interne plus prisée que l'efficience. Chap. III.

Invertis de Peter. Ceux pour qui les moyens sont devenus des fins. Chap. III.

Mégaloléophobie. Crainte morbide du sous-fifre pour son supérieur. Chap. VI.

Monumentalis gargantuescus. Syndrome du mausolée, de l'immense pierre tombale, du cimetière géant. Chap. XII.

Niveau de compétence. Dans la hiérarchie, poste où l'employé fait plus ou moins ce que l'on attend de lui.

Niveau d'incompétence. Dans la hiérarchie, poste où l'employé se montre incapable de faire ce que l'on attend de lui.

Nuance de Peter. Différence entre les syndromes du dernier poste et de la pseudo-réussite. Chap. V.

Obtenir l'avis d'un expert. Technique de substitution. Chap. XIII.

Ordonnance de Peter. Ensemble des remèdes contre les maux individuels ou universels. Chap. XV.
Ordre. « Première loi du ciel » : la base de l'instinct hiérarchique. Chap. VIII.
Palliatifs de Peter. Tentent de guérir les syndromes de l'incompétence. Chap. XV.
Papyromanie. Accumulation obsessionnelle de dossiers. Chap. XII.
Papyrophobie. Obsession du bureau « net ». Chap. XII.
Parade de Peter. Refus d'une promotion offerte (peu recommandée). Chap. XIV.
Paradoxe de Peter. Dans une hiérarchie, les employés ne réprouvent pas nécessairement l'incompétence de leurs collègues. Chap. IV.
Parti. Organisation hiérarchique politique destinée à choisir des candidats à un poste officiel. Chap. VII.
Passes (en haut, en bas, au-dehors). Techniques utilisées pour éviter les responsabilités. Chap. XII.
Phonophilie. Désir anormal de posséder des appareils de transmission de la voix et du matériel enregistreur. Chap. XII.
Piston. Aide que reçoit un employé d'une personne qui lui est supérieure et apparentée (par mariage, filiation, cousinage ou simple amitié). Chap. IV.
Pistonné. Employé bénéficiant de piston. Chap. IV.
Placebo de Peter. « Un milligramme d'apparence vaut une livre d'accomplissement. » Chap. XIII.
Plateau de Peter. Le niveau d'incompétence.
Pont de Peter. Epreuve importante — saurez-vous motiver votre protecteur ? Chap. IV.
Premier commandement. « La hiérarchie doit être préservée. » Chap. III.
Principe de Peter. « Dans une hiérarchie, tout employé doit forcément atteindre son niveau d'incompétence. »
Production. Résultat d'un travail utile. Chap. III.
Profession médicale. Groupement professionnel apathique et hostile envers la hiérarchologie. Chap. XI.

Promotion. Mouvement ascensionnel partant d'un niveau de compétence.

Prophylaxie de Peter. Un gramme de prévention. Chap. XV.

Protecteur. Personne qui accélère la promotion d'un employé situé plus bas qu'elle dans la hiérarchie. Chap. IV.

Protégé. Voir *Pistonné.*

Proto-hiérarchologues. Auteurs qui ont peut-être contribué à la cause de la hiérarchologie. Chap. VIII.

Proverbes. Magasin pittoresque de fables hiérarchologiques. Chap. VIII.

Pseudo-réussite (synonyme de la). Ensemble d'affections physiques causées par une ambition excessive. Chap. V.

Qualités de chef. Cause de disqualification pour la course à la promotion. Chap. VI.

Quotient de maturité. Permet de mesurer l'inefficience dans une hiérarchie. Chap. VII.

Quotient de promotion. Calcul mathématique des espoirs de promotion. Chap. XIII.

Régression hiérarchique. Résultat de la promotion des incompétents en même temps que les compétents. Chap. XV.

Remèdes de Peter. Moyens de prévenir l'incompétence vitale totale. Chap. XV.

Réussite. Accession au dernier poste, c'est-à-dire au niveau d'incompétence. Chap. VIII.

Rigor Cartis. Passion morbide pour les cartes et tableaux accompagnée d'un intérêt décroissant pour ce qu'ils représentent. Chap. XII.

Saints. Excellents hommes mais contestataires incompétents. Chap. VIII.

Savoir obéir. Illusion consistant à croire que celui qui sait obéir sait commander. Chap. VI.

Secret. L'âme du piston. Chap. V.

Siglomanie. Manie de s'exprimer par chiffres et initiales. Chap. XII.

Spécialisation convergente. Technique de substitution. Chap. XIII.
Spécialisation dans le détail. Technique de substitution. Chap. XIII.
Socrate (complexe de). Forme d'incompétence créatrice. Chap. XIV.
Sommet flottant. Poste où se trouve un directeur qui n'a pas de subordonnés. Chap. III.
Soulagement temporaire. Effet du traitement médical du syndrome du dernier poste. Chap. XI.
Spirale de Peter. Evolution non progressive d'une organisation souffrant d'incompétence au sommet. Chap. X.
Sublimation percutante. Etre « renvoyé » plus haut, forme de pseudo-promotion. Chap. III.
Substitution. Dernier recours pour les employés ayant atteint le plateau de Peter. Chap. XIII.
Super-bouchon. Toute personne immédiatement supérieure qui, ayant atteint son niveau d'incompétence, bloque la voie de promotion des autres employés. Chap. IV.
Super-compétence. Faire trop bien son travail, caractéristique dangereuse. Chap. III.
Super-incompétence. Incapacité totale, cause de renvoi immédiat. Chap. III.
Tabulologie anormale. Souci exagéré de la disposition des bureaux, fauteuils, classeurs, etc. Chap. XII.
Tabulophobie. Horreur maladive du bureau ou de la table de travail. Chap. XII.
Thérapeutique distractive. Traitement destiné à guérir le syndrome du dernier poste. Chap. XI.
Transfert de César. Prévention anormale contre certains aspects et traits physiques.

TABLE

IMPRIMÉ EN FRANCE PAR BRODARD ET TAUPIN
Usine de La Flèche (Sarthe).
LIBRAIRIE GÉNÉRALE FRANÇAISE - 6, rue Pierre-Sarrazin - 75006 Paris.
ISBN : 2 - 253 - 00593 - 2